fréquence

APRENDA FRANCÊS COM
UM PROGRAMA DE RÁDIO

débutant

Hélène Todorovic
Hélène Tourneroche

Tradução
Carlos Antonio Lourival de
Egisvanda Isys de Almeida

© Difusión, Centro de Investigación y Publicaciones de Idiomas, S.L., Barcelona, 2009.
© Martins Editora Livraria Ltda., São Paulo, 2011

Título original: *The Pons Idiomas Fréquence*
Fotografias © **CD 1** PISTE 03 Silviu-florin Salomia dreamstime.com PISTE 07 Ej. 2 Olga Langerova/dreamstime.com, Ej. 3 Pavel Losevsky/dreamstime.com, Ej. 4 Yanik Chauvin/dreamstime.com PISTE 10 *de arriba abajo y de izda. a dcha.* Monika Adamczyk/dreamstime.com, Hmproudlove/dreams-time.com, Olga Nayashkova/dreamstime.com, Monika Adamczyk/dreamstime.com PISTE 11 Ej. 1 Sandra Gligorijevic/dreamstime.com, Ej. 5 1, 3, 5, 7, 9, 15 Lgrig/dreamstime.com 2, 4, 6, 8, 10, 12, 14 niderlander/dreamstime.com 11 Mailthepic/dreamstime.com 13 Anna501/dreamstime.com 16 Marek Mnich/dreamstime.com 17 Jorge Farres/dreamstime.com 18 Nikola Bilic/dreamstime.com 19 ockra/dreamstime.com 20 jetfoto/dreamstime.com PISTE 12 Ej. 3 *de arriba abajo y de izda. a dcha.* Petar Neychev/dreamstime.com, Photopips/dreamstime.com, Elena Glagoleva/dreamstime.com, Evaletova/dreamstime.com, Angelo Gilardelli/dreamstime.com, Joseph Gareri/dreamstime.com, *Note culturelle* Daniel Villeneuve/dreamstime.com PISTE 13 Ej. 4 *de arriba abajo de izda. a dcha.* Phillip Minnis/dreamstime.com, Cynthia Farmer/dreamstime.com, Pavel Losevsky/dreamstime.com, Alexander Reitter/dreamstime.com, Monkey Business Images/dreams-time.com, Darko Novakovic/dreamstime.com, Ej. 7 Anatoly Tiplyashin/dreamstime.com PISTE 16 Ej. 2 1 Andreea Ardelean/dreamstime.com 2 Delphine Mayeur/dreamstime.com 3 Halilo/dreamstime.com 4 Les Cunliffe/dreamstime.com 5 Milosluz/dreamstime.com 6 mishoo/dreamstime.com 7 Petar Neychev/dreamstime.com 8 Picturephoto/dreamstime.com **CD 2** PISTE 1 Ej. 3 Sabri Deniz Kizil/dreamstime.com

Gravação: Blind Records, Barcelona
Produssom, São Paulo
Vozes: Caroline Lemaire, Philippe Mijon, Magali Mestre, Michaël Rudy, Marion Adèle, Eric Boniccato, David Lenoir, Gaëtan Bevernagie, Dieudonné Dje Siriki Bi, Séverine Battais

Músicas © **CD 1** PISTE 01 Ultracat "Disco High"/jamendo PISTE 02 Josh Woodward "Dizzy Spells"/jamendo PISTE 04 djbouly "Pop-expérience"/jamendo PISTE 06 Krayne "Cloud Nine"/jamendo PISTE 07 Speedsound "Electric Funky"/jamendo, BeatJuice "Repeat"/jamendo PISTE 08 Williamson "2 percenter"/jamendo, BeatJuice "Reasoning"/jamendo PISTE 09 Ultracat "Disco High"/jamendo PISTE 10 Williamson "2 percenter"/jamendo, Fabio Bosco "Sole Sale"/jamendo PISTE 11 Mertruve "Introduction"/jamendo PISTE 12 djbouly "Pop-expérience"/jamendo PISTE 13 Josh Woodward "Dizzy Spells"/jamendo PISTE 14 Occidental Indigene "Yadaa"/jamendo PISTE 15 Ultracat "Disco High"/jamendo PISTE 16 Williamson "2 percenter"/jamendo, djbouly "Pop-expérience"/jamendo PISTE 17 Ultracat "Disco High"/jamendo PISTE 18 Josh Woodward "Dizzy Spells"/jamendo **CD 2** PISTE 02 Frozen Silence "Morning"/jamendo, Ultracat "Disco High"/jamendo PISTE 03 Josh Woodward "Darien Gap"/jamendo PISTE 04 Josh Woodward "She dreams in blue"/jamendo PISTE 05 Josh Woodward "Darien Gap"/jamendo PISTE 06 Josh Woodward "She dreams in blue"/jamendo PISTE 07 Josh Woodward "Darien Gap"/jamendo PISTE 08 Josh Woodward "She dreams in blue"/jamendo PISTE 09 Josh Woodward "Darien Gap"/jamendo

Publisher: *Evandro Mendonça Martins Fontes*
Coordenação editorial: *Vanessa Falek*
Produção editorial: *Alyne Azuma*
Design de capa: *Patrícia De Michelis*
Preparação: *Pedro Henrique Fandi*
Denise Roberti Camargo
Produção gráfica: *Carlos Alexandre Miranda*
Revisão: *André Albert*
Dinarte Zorzanelli
Renata Sangeon
Paula Piva
Transcrição e tradução
do Cours Particulier: *Carmem Caciacarro*

Dados Internacionais de Catalogação na Publicação (CIP)
(Câmara Brasileira do Livro, SP, Brasil)

Todorovic, Hélène
Fréquence : aprenda francês com um programa de rádio: débutant / Hélène Todorovic, Hélène Tourneroche; tradução Carlos Antonio Lourival de Lima, Egisvanda Isys de Almeida Sandes. – São Paulo: Martins Fontes - selo Martins, 2011.

Título original: Fréquence pons idiomas (débutant)
Inclui CD.
ISBN 978-85-8063-008-4

1. Francês - Estudo e ensino 2. Fréquence (programa radiofônico) I. Tourneroche, Hélène. II Título.

11-2190 CDD-440.7

Índices para catálogo sistemático:
1. Francês : Estudo e ensino 440.7

Todos os direitos desta edição reservados à
Martins Editora Livraria Ltda.
Av. Dr. Arnaldo, 2076
01255-000 São Paulo SP Brasil
Tel.: (11) 3116 0000
info@emartinsfontes.com.br
www.emartinsfontes.com.br

AVANT-PROPOS

FRÉQUENCE PONS IDIOMAS é o curso de francês ideal tanto para iniciantes quanto para "falsos iniciantes". A partir de um programa de rádio, você vai adquirir as competências de nível **A1** e **A2** do *Marco Comum Europeu de Referência* e, ao mesmo tempo, vai praticar de forma intensiva a compreensão oral, escutando os locutores nativos que participam do programa. Projetado tanto para o autodidatismo quanto para a sala de aula, o curso propõe uma aprendizagem progressiva e comunicativa, mais centrada na aquisição do léxico.

O programa de rádio consiste em 20 seções, nas quais são tratados todos os tipos de temas (viagens, música, esportes, culinária etc.) que proporcionam diversos contextos de aprendizagem. Além do programa monolíngue, estão incluídas sete faixas bilíngues, nas quais um professor nativo e uma estudante brasileira comentam e analisam os conteúdos linguísticos que apareceram nas diferentes seções.

Cada seção do programa corresponde a uma unidade do livro. As unidades incluem as seguintes partes:

COMPRÉHENSION ORALE | Na primeira parte são propostas atividades cujo objetivo é avaliar a compreensão geral de cada seção. Também são incluídas atividades de compreensão mais específica.

LEXIQUE | Inclui um conjunto diversificado de atividades destinadas à prática específica de questõs léxicas que apareceram ao longo da faixa. Dessa forma, há uma reflexão sobre os usos das palavras e sobre o contexto em que elas aparecem.

GRAMMAIRE | A partir de amostras da língua extraídas de cada seção, são apresentados seus aspectos morfológicos, sintáticos e funcionais, complementados com atividades e gabarito, estimulando a reflexão gramatical e a fixação dos diferentes aspectos tratados.

LA BOÎTE À MOTS | Inclui expressões, frases feitas e locuções, com seus equivalentes em português e recomendações de uso.

GLOSSAIRE | Nesta parte você vai encontrar, em ordem alfabética e com tradução para o português, as palavras novas que aparecem na seção.

TRANSCRIPTION | A última parte inclui a transcrição completa da faixa.

CONTENUS

CD 1

PISTE 01 ▸▸ C'EST PARTI ! — 5
Grammaire : le genre des noms, les articles définis et indéfinis, les adjectifs démonstratifs, la conjugaison des verbes en **-er**, le verbe **être**

PISTE 02 ▸▸ ON Y VA ! — 12
Grammaire : le pluriel des noms, **aller** + infinitif, les adjectifs possessifs, l'interrogation | Lexique : **beaucoup (de), (un) peu (de), quelques**, les mots interrogatifs

PISTE 03 ▸▸ MICRO-TROTTOIR — 19
Grammaire : le genre et le nombre des adjectifs, les noms de pays et les adjectifs de nationalité, les verbes au présent | Lexique : **depuis, ça fait, il y a, déjà/pas encore, pourquoi/parce que**, prépositions de lieu, **c'est** et **il y a, tu/vous**

PISTE 04 ▸▸ HISTOIRE DE FAMILLE — 30
Grammaire : demander et dire l'âge, exprimer une opinion, exprimer la posession, **c'est / il/elle est, ce sont / ils/elles sont** | Lexique : la famille, les nombres jusqu'à 99, le verbe **jouer**, les professions

PISTE 05 ▸▸ LA NORMANDIE — 39
Grammaire : l'accord des adjectifs, **il y a / il n'y a pas (de)**, parler des conditions météorologiques, l'hypothèse : **si** + présent | Lexique : prépositions de lieu

PISTE 06 ▸▸ À RECYCLER ! — 46
Grammaire : les adverbes de fréquence, les jours de la semaine, les moments de la journée, **devoir, Il faut / Il est important/nécessaire de** + infinitif | Lexique : les tâches ménagères

PISTE 07 ▸▸ LA TECKTONIK — 53
Grammaire : l'impératif | Lexique : le corps humain, le visage, les mouvements

PISTE 08 ▸▸ LES OFFRES D'EMPLOI — 59
Grammaire : **savoir** et **connaître**, le genre des adjectifs | Lexique : le curriculum vitae

PISTE 09 ▸▸ JE SUIS NEZ — 65
Grammaire : le passé composé, les participes passés, les horaires, parler des goûts, des préférences et des souhaits | Lexique : les professions

PISTE 10 ▸▸ LA PUB — 76
Grammaire : le verbe **vouloir**, le conditionnel de politesse | Lexique : les repas de la journée

PISTE 11 ▸▸ BON APPÉTIT ! — 81
Grammaire : les articles partitifs, **(pas) trop/assez (de), plusieurs**, le pronom **y** | Lexique : la nourriture, commerces et commerçants, au restaurant, dans la cuisine, poids et mesures, le verbe **payer**

PISTE 12 ▸▸ LA BD — 93
Grammaire : les pronoms compléments d'objet direct et indirect, les pronoms **en** et **y** | Lexique : les vêtements et les accessoires, la description physique

PISTE 13 ▸▸ LES CATACOMBES — 105
Grammaire : indiquer un chemin, parler des activités et des loisirs, exprimer la capacité, le pronom **on** | Lexique : la ville et ses commerces, prépositions de lieu

PISTE 14 ▸▸ LA CÔTE D'IVOIRE — 113
Grammaire : situer dans le temps, la comparaison | Lexique : les transports, les mois

PISTE 15 ▸▸ UNE ÉCRIVAIN CÉLÈBRE — 119
Grammaire : promoms compléments, le passé composé, l'imparfait, les pronoms relatifs **qui, que** et **où** | Lexique : les étapes de la vie, expressions de temps

PISTE 16 ▸▸ LA PUB 2 — 126
Grammaire : le corps et les sensations, exprimer des sentiments | Lexique : hygiène et beauté

PISTE 17 ▸▸ ON A GAGNÉ ! — 131
Grammaire : situer dans le temps, passé composé et imparfait | Lexique : expressions du français parlé et familier, **se rappeler** et **se souvenir**

PISTE 18 ▸▸ FAN ET STAR — 139
Grammaire : passé composé : l'accord du participe passé, expressions de temps : **depuis, pendant...** | Lexique : **c'est, c'était**, la télévision

CD 2

PISTE 01 ▸▸ LA MAISON DU FUTUR — 146
Grammaire : **ce qui/que**, quelques connecteurs, le futur, le conditionnel | Lexique : les pièces de la maison, les meubles

PISTE 02 ▸▸ LE JEU DU TRUCMUCHE — 152
Grammaire : décrire l'usage d'un objet, les adverbes en **-ment** | Lexique : tailles, formes et qualités, les matières

PISTES 03-09 ▸▸ COURS PARTICULIER

SOLUTIONS — 157

PISTE 01 / CD 1 ▶▶   C'EST PARTI !

COMPRÉHENSION ORALE

1 Assinale as opções corretas em cada caso.

1. Os nomes dos apresentadores do programa são:

- ■ Marie et Bernard
- ■ Claire et Sébastien
- ■ Claire et Stéphane

2. No programa se falará de:

- ■ la langue française
- ■ l'histoire
- ■ l'astronomie
- ■ le sport
- ■ la gastronomie
- ■ la littérature
- ■ le cinéma
- ■ la politique
- ■ les mathématiques
- ■ la culture
- ■ les voyages
- ■ la technologie

LEXIQUE

2 Todas estas palavras aparecem na faixa. Observe que algumas são muito semelhantes a suas equivalentes em português. Primeiramente, coloque-as em sua coluna correspondente e, em seguida, traduza-as para o português em seu caderno.

croire · culture · parler · langue · émission · heureux · francophone · apprendre
participer · passionant · cuisine · expérience · divertissant · chose · amusant

Noms	Adjectifs	Verbes

GRAMMAIRE

Le genre des noms

Como em português, os substantivos em francês podem ser masculinos ou femininos. Em geral, são femininos os nomes que terminam em: **-ance/-ence, -ie, -ée, -ette, -logie, -sion/-tion/-xion, -ure**. Por exemplo: **la violence** («a violência»), **la vie** («a vida»), **la dictée** («o ditado»), **la bicyclette** («a bicicleta»), **la biologie** («a biologia»), **la télévision** («a televisão»), **la culture** («a cultura») etc.

São masculinas, com algumas exceções, as que terminam em **-age, -al, -ier, -isme, -ment, -oir**. Por exemplo: **le garage** (MAS **la page, la plage, l'image**...), **le journal** («o jornal»), **le journalisme** («o jornalismo»), **le papier** («o papel»), **le gouvernement** («o governo»), **le pouvoir** («o poder») etc.

Atenção! Embora muitas palavras tenham o mesmo gênero em francês e em português, há muitas exceções: **la voiture** («o carro»), **le garage** («a garagem») etc.

3 Estas palavras aparecem nas duas primeiras faixas. Coloque-as em sua coluna correspondente.

technologie · émission · culture · apprentissage · francophonie · métier
tradition · recette · paysage · bande-dessinée · littérature

Mots masculins	Mots féminins

Les déterminants

Em francês, como em português, há diferentes tipos de determinantes: artigos (definidos e indefinidos), demonstrativos, possessivos etc.

4 Escute o **Cours particulier 2** e complete o quadro.

	Masculin	Masc. ou fem. + voyelle ou **h** muet	Féminin	Pluriel
Article défini	le		la	
Article indéfini				
Adjectif démonstratif	ce	cet *	cette**	ces

* Somente para o masculino + vogal ou **h** mudo
** Antes de consoante ou vogal

5 Escute ou leia a transcrição da faixa 1 e escreva o artigo adequado.
Artigo definido:

- ____ équipe
- ____ programme
- ____ français
- ____ jours
- ____ histoire
- ____ oreilles
- ____ émission
- ____ durée
- ____ francophonie
- ____ gastronomie
- ____ gens
- ____ présentateur
- ____ autre voix
- ____ culture

Artigo indefinido:

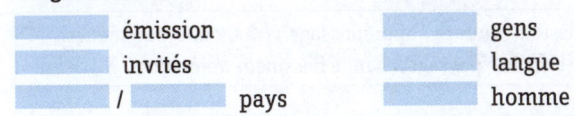

- ____ émission
- ____ invités
- ____ / ____ pays
- ____ gens
- ____ langue
- ____ homme

6 Agora coloque as palavras anteriores na coluna correta.

ce	cet	cette	ces
		équipe	oreilles

Conjugaison des verbes en -er

Os verbos terminados em **-er** (como **parler**, **arriver**, **manger** etc.) normalmente têm uma só raiz fonética. No caso de **parler** é **parl-**. Há, no entanto, algumas exceções, como **acheter** («comprar»), **appeler** («chamar»), **manger** («comer»), **commencer** («começar») etc., que têm duas.

7 Escute o **Cours particulier 2** e complete o quadro com as terminações.

Pronom tonique	Sujet	(Négation)	Base du verbe	Terminaison	(Négation)
moi,	je / j'	ne / n'	**parl-**		pas
toi,	tu	ne / n'	**parl-**	es	pas
lui / elle, nous,	il / elle / on	ne / n'	**parl-**		pas
nous,	nous	ne / n'	**parl-**	ons	pas
vous,	vous	ne / n'	**parl-**		pas
eux / elles,	ils / elles	ne / n'	**parl-**		pas

O pronome tônico, nas frases, é utilizado para reforçar ou destacar o sujeito. Por exemplo, para destacar que falamos de duas pessoas diferentes.

Moi, je crois que... *Eu acho que...*
Lui, il aime le football. Et **toi** ? *Ele gosta de futebol. E você?*

8 Conjugue os verbos entre parênteses.

1. Mon frère et moi _____ (parler) très bien l'anglais.
2. Iris _____ (étudier) les mathématiques.
3. Moi, je _____ (s'appeler) Isabelle et toi aussi, tu _____ (s'appeler) comme ça, n'est-ce pas ?
4. Claire et Stéphane _____ (animer) l'émission.
5. Vous _____ (aimer) cette émission ?

9 Escreva as frases seguintes na forma *negativa*.

1. Je connais Paul. _____
2. Ils apprennent le français. _____

3. Tu vas au cinéma.
4. Nous sommes espagnols.
5. Vous voulez voyager en France ?

Le verbe être

O verbo **être** («ser», «estar») é um verbo irregular. É utilizado para alguém se apresentar, dando informação sobre a nacionalidade ou profissão, por exemplo; também serve para fazer uma descrição ou para situar algo no espaço.

Je **suis** française. Je **suis** professeur. *Sou francesa. Sou profesora.*
Il **est** grand et il **est** très beau, *(Ele) é alto e muito bonito, mas*
mais il **n'est pas** très sympathique. *não é muito simpático.*
Elle **est** en Espagne, chez des amis. *(Ela) está na Espanha na casa de*
  alguns amigos.

10 Com a ajuda da transcrição, escreva as formas do plural que faltam: **sont**, **sommes**, **êtes**.

Singulier		Pluriel	
je	**suis**	nous	
tu	**es**	vous	
il / elle / on / c'	**est**	ils / elles /ce	

A forma da terceira pessoa do singular **c'est** pode vir seguida de um sintagma nominal, de um advérbio ou de um adjetivo.

C'est un homme. (sintagma nominal) *É um homem.*
C'est bien. (advérbio) *Está bem.*
C'est bon. (adjetivo) *É bom.*

La boîte à mots

Allons-y ! Vamos!
Bonjour à toutes et à tous ! Bom dia a todas e a todos!
Alors, c'est parti ! Vamos começar!
Excusez-moi. Desculpe.
On y va ! Vamos!
Pardon. Desculpe.
Vous êtes prêts ? Estão prontos?

Glossaire*

accompagner	acompanhar	faire	fazer
accueillir	acolher	fin f.	final
ailleurs	(por) outro/s lugar/es	français	francês (*idioma*)
aimer	gostar, amar	français/e adj.	francês/a
aller	ir	général/ale/aux/ales	geral/gerais
alors	então, nesse caso		
amusant/e	divertido/a	gens m. pl. y f. pl.	pessoas, gente
animer	apresentar (programa)		
apprendre	aprender, estudar	heureux/euse	contente
attendre	esperar	jour	dia
auditeur	ouvinte	jusque	até
aussi	também	langue	língua
autre	outro/a	maintenant	agora
avec	com	mais	mas
avoir besoin (de)	necessitar	mieux	melhor
avoir envie (de)	ter vontade (de)	oreille	orelha
beaucoup	muito/a/os/as	ou	ou
bien d'autres	muitos/as outros/as	oublier	esquecer
bienvenu/e	bem-vindo/a	oui	sim
chercher	procurar	parler	falar
chose	coisa	partager	compartilhar
comme	como	pays	país, países
comme ça	assim	permettre	permitir
connaître	conhecer	plaire	gostar
consacré/e (à)	dedicado/a (a)	plus	mais
croire	acreditar	pour	por, para
cuisine	cozinha	pouvoir	poder
d'abord	para começar	premier/ière	primeiro/a
dans	em, dentro	prêt/e	pronto/a
de temps en temps	de vez em quando	s'appeler	chamar-se
		seul/e	sozinho/a
divertissant/e	entretido/a	seulement	somente
donc	assim, portanto	souhaiter	desejar
donner	dar	travail	trabalho
durée	duração	très	muito
écouter	escutar	trouver	encontrar
émission	programa	voix	voz
encore	ainda, além disso	voyager	viajar
équipe	equipe	vrai	certo
espérer	esperar (*com esperança*)	vraiment	realmente

* **Nota:** O gênero das palavras somente é indicado quando não coincide com seu equivalente em português. Quanto aos plurais, somente são especificados nos casos em que não são formados com o acréscimo do **-s** à sua forma singular.

Transcription

Stéphane : Bonjour à toutes et à tous et bienvenus dans notre première émission, votre émission, en français. Toute l'équipe et moi, nous sommes très heureux de vous accueillir pour ce premier numéro et nous espérons vraiment qu'il va vous plaire ! Vous êtes prêts ? Alors, ouvrez grand les oreilles et écoutez la planète en français ! Vous apprenez le français ? Vous aimez la France pour la culture, l'histoire, la gastronomie ? Vous avez besoin du français pour le travail ? Vous voulez voyager dans des pays francophones comme la Suisse, la Belgique, le Québec et bien d'autres encore ? Ou vous souhaitez tout simplement parler une langue de plus, ou connaître une culture de plus ? Alors cette émission est pour vous ! Vous allez trouver, dans cette émission, tout ce que vous cherchez. Vous pouvez me croire ! C'est une émission passionnante, amusante, divertissante et intéressante qui va vous permettre d'apprendre le français et beaucoup d'autres choses encore... Mais d'abord, je me présente : je m'appelle Stéphane et je suis le présentateur pour toute la durée de ce programme.

Claire : Oui Stéphane, mais n'oubliez pas que vous n'êtes pas tout seul, quand même. Je suis là, moi aussi.

S : Oh, pardon ! C'est vrai ! Mais je n'oublie pas ! Oui, je vous présente Claire, qui est l'autre voix de ce programme et qui anime l'émission avec moi. Elle va, elle aussi, nous accompagner jusqu'à la fin de l'émission. Alors, contente ?

C : Oui, oui. C'est mieux comme ça. Je préfère.

S : Bien ! Alors maintenant que les présentations sont faites, passons au programme de cette première émission.

C : Une émission consacrée au français.

S : À la langue française.

C : Oui, à la langue française, de France, mais aussi d'autres pays où on parle le français.

S : Qui font partie de la francophonie.

C : C'est ça ! On va évidemment expliquer ce que c'est à nos auditeurs, donc la francophonie... On va parler de la France et de sa culture, et des gens qui, comme vous, apprennent le français. Des gens qui parlent le français tous les jours ou seulement de temps en temps.

S : Oui, oui, mais... attendez ! On ne va pas parler que de ça ! On va aussi parler de thèmes plus généraux comme la cuisine, le sport, la technologie...

C : Oui Stéphane, c'est bien de le préciser aussi.

S : Et pour parler de tout ça, des invités, de France et d'ailleurs, vont venir participer à cette émission et partager leur expérience.

C : Leurs expériences.

S : Avec nous !

C : Et vous donner envie d'apprendre le français !

S : Oui, nous l'espérons. Alors, c'est parti !

PISTE 02 / CD 1 ▶▶ ON Y VA !

COMPRÉHENSION ORALE

1 Escute e marque se as frases são verdadeiras ou falsas.

	Vrai	Faux
1. No programa somente se falará da França.		
2. Aprenderão a dançar um novo estilo de dança.		
3. Haverá ligações dos ouvintes.		
4. Também falarão de esporte e de histórias em quadrinhos.		
5. Farão a previsão do tempo.		

GRAMMAIRE

Le pluriel des noms

O plural em francês é formado, na maioria dos casos, acrescentando um **-s** à forma do singular. No entanto, há alguns casos especiais:

- As palavras terminadas em **-s**, **-x** o **-z** no singular não mudam no plural: **le/les gaz** («gas/es»); **le/les nez** («nariz/es»); **le/les** bus («ônibus»).

- Algumas palavras terminadas em vogal + **u** formam o plural com **-x**: **l'eau ▸ les eaux** («água/s»); **un vœu ▸ des vœux** («desejo/s»).

- As palavras (nomes e adjetivos) terminadas em **-al** ou **-ail** no masculino costumam terminar em **-aux** no plural: **un cheval ▸ des chevaux** («cavalos/s»), **un travail ▸ des travaux** («trabalho/s»).

2 Escreva o plural dos seguintes sintagmas nominais.

1. le chat
2. la voiture
3. cet homme
4. cette femme
5. le gaz
6. le nez
7. un Français
8. un jeu
9. un journal
10. la peau

❸ Escreva agora os grupos seguintes no plural. Lembre-se de que o plural do artigo indefinido **un/une** é **des**, e em francês não pode ser omitido: **un homme** (um homem) ▶ **des hommes** (homens). Atenção! No plural, **des** perde o **-s** quando o adjetivo está antes do substantivo.

1. un gros bateau
2. une fille intéressante
3. un journal original
4. un ami sympathique

Aller + infinitif

Stéphane diz **Nous allons essayer de répondre à ces questions** («Vamos tentar responder estas perguntas»). O verbo **aller** («ir») é irregular. Conjugado no presente e seguido de um infinitivo, é usado para expressar o futuro (**le futur proche**).

aller		+ infinitif
Je	vais	
Tu	vas	
Il / elle / on	va	**apprendre** le français.
Nous	allons	+ **s'amuser**.
Vous	allez	**essayer** de parler en français.
Ils / elles	vont	

- Qu'est-ce tu **vas faire** ce week-end ?   *O que você vai fazer no fim de semana?*
- Je **vais aller faire** du ski.   *Eu vou esquiar.*
  Je **ne vais pas aller** à la plage.   *Não vou à praia.*

❹ Procure exemplos desta construção na faixa e escreva em seu caderno.

O verbo **aller** também é utilizado para perguntar como vai alguém: **Ça va ?** ou **Comment ça va ?** («Como vai?»). As respostas mais comuns são:

Ça va très bien. Et toi ?   *Estou muito bem, e você?*

Ça va, ça va...
Ça va plutôt bien.
Ça ne va pas du tout.

Estou bem...
Estou muito bem.
Não estou nada bem. / Estou mal.

Les adjectifs possessifs

5 Procure na faixa os possessivos que faltam. Escreva-os.

Pronom sujet	Adjectifs possessifs		
	Masc. et fém. + voyelle ou **h** muet	Féminin	Pluriel
je	mon	ma	mes
tu	ton	ta	tes
il / elle			ses
nous			
vous	votre		vos
ils / elles			

Quando o possuidor é uma única pessoa, há duas forma diferentes: uma para objeto masculino e outra para objeto feminino: **mon** pantalon («minha calça») ou **ma** cuisine («minha cozinha»). Quando é feminino começa com vogal ou **h**, a forma do possessivo é a mesma para o masculino: **mon ami** («meu amigo»), **mon amie** («minha amiga»). Para o plural, não há diferença entre masculino ou feminino: **mes** parents («meus pais»), **mes** amies («minhas amigas»). Quando o possuidor é plural, há somente dois possessivos: um para o singular e outro para o plural: **notre** maison («nossa casa»), **nos** enfants («nossos filhos»).

6 Agora, complete as frases com o possessivo adequado.

1. J'aime beaucoup l'Espagne, _____ cuisine, _____ climat...
2. Lise a beaucoup d'amis mais je ne trouve pas tous _____ amis sympathiques.
3. Cette voiture est à nous : c'est _____ voiture.
4. Nous avons des invités : _____ invités vont nous parler de _____ vie, de _____ passions.

L'interrogation

Em francês há 3 formas de fazer perguntas:
- Com a entonação. Neste caso, a ordem das palavras é a mesma de uma frase afirmativa, mas a entonação sobe no final. É a mais coloquial: **Tu fais quoi ?**
- Com a construção **est-ce que**, com ou sem uma partícula interrogativa. É a forma padrão: **Qu'est-ce que tu fais ?**
- Invertendo o sujeito e o verbo. É a mais formal: **Que fais-tu ?**

Atenção! **Que** é colocado no início da frase, mas, quando vai depois do verbo, usamos **quoi**.

LEXIQUE

Beaucoup (de), (un) peu (de), quelques

Stéphane começa a faixa dizendo **Au sommaire de ce programme, beaucoup de choses... Beaucoup (de)**, **(un) peu (de)** y **quelques** são quantificadores.

mucho/a/os/as	poco/a/os/as, un poco	algunos/as, unos/as
beaucoup (de)	(un) peu (de)	quelques (+ pluriel)

Il travaille **beaucoup**. — *Ele trabalha muito.*
Il travaille **peu**. — *Ele trabalha pouco.*
J'ai **quelques** idées derrière la tête. — *Tenho algumas ideias na cabeça.*

Quando **beaucoup** e **(un) peu** estão seguidos de um nome, acrescentamos **de** ou **d'** antes de vogal ou **h** mudo.

Il a **beaucoup de** travail. — *Ele tem muito trabalho.*
Je voudrais **un peu de** chocolat. — *Eu queria um pouco de chocolate.*
Il a **peu d'**amis. — *Ele tem poucos amigos.*

A forma negativa de **beaucoup** é **pas beaucoup (de)**.

Il ne travaille **pas beaucoup**. — *Ele não trabalha muito.*
Il n'a **pas beaucoup de** travail. — *Ele não tem muito trabalho.*

7 Complete as frases com **beaucoup (de)**, **(un) peu (de)** ou **quelques**.

1. Je pars en vacances ▓▓▓▓▓ jours.
2. Elle a ▓▓▓▓▓ amies mariées ; seulement deux.
3. Je travaille ▓▓▓▓▓, j'ai ▓▓▓▓▓ temps pour mes loisirs.
4. Vous n'avez pas ▓▓▓▓▓ temps libre, n'est-ce pas ?
5. Nous parlons ▓▓▓▓▓ japonais.
6. Mon frère ne gagne pas ▓▓▓▓▓ argent.

Mots interrogatifs

No início da faixa, Stéphane lança uma série de perguntas: **Qui apprend le français ? Pourquoi est-ce qu'on apprend le français aujourd'hui ? Quelles sont les motivations qui poussent les gens à apprendre notre langue ?** Para fazer as frases, ela usa algumas partículas interrogativas.

Para fazer perguntas, podemos usar diferentes termos: **où** («onde»), **quand** («quando»), **comment** («como»), **combien** («quanto/a/os/as»), **pourquoi** («por que»). Todas são invariáveis.

Où tu habites ? *Onde você mora?*
Quand est-ce que tu pars en vacances ? *Quando você sai de férias?*
Comment on dit « travail » en russe ? *Como se diz «trabalho» em russo?*
Combien ça coûte ? *Quanto custa?*
Pourquoi elle part en France ? *Por que ela vai para a França?*

Qui, que

A partícula interrogativa **qui** («quem») se refere a uma pessoa e nunca leva apóstrofe (**Qui est-ce ?**). Quando é sujeito, vai no início da frase (**Qui a téléphoné ?**). **Qui** também é invariável e pode se combinar com preposições: **pour qui** («para quem»), **à qui** («a quem»), **de qui** («de quem»), **avec qui** («com quem»). A partícula **que** («que») se refere a coisas e leva apóstrofe quando está acompanhada de vogal (**Qu'est-ce que vous prenez ?**).

Quel, quelle, quels, quelles

Estas partículas concordam com o nome que acompanham.

Quel est ton nom ?	*Qual é seu sobrenome?*
Quelle est ta profession ?	*Qual é sua profissão?*
Quels sont vos sports favoris ?	*Quais são seus esportes preferidos?*
Quelles sont vos émissions préférées ?	*Quais são seus programas de televisão preferidos?*

8 Relacione cada pergunta com a resposta correspondente.

1	Qui parle ?	a	Oui.
2	Qu'est-ce qu'il dit ?	b	Maintenant, à Paris.
3	Comment tu t'appelles ?	c	27 ans et trois mois.
4	Tu habites ici ?	d	C'est moi.
5	Pourquoi tu étudies le français ?	e	Parce que j'aime cette langue.
6	Combien ça coûte ?	f	Avec mon frère Matthieu.
7	Avec qui tu vas au cinéma ?	g	30 euros, je crois.
8	Où est-ce qu'elle habite ?	h	Il ne dit rien d'intéresant.
9	Quel âge as-tu ?	i	Jean-Paul, et toi ?

La boîte à mots

bref,	assim, resumindo
eh bien	então (*coloquial*)
sous toutes ses coutures	de todos os pontos de vista

Glossaire

amateur	vidrado/a, louco/a por	découvrir	descobrir
amener	trazer, conduzir	déjà	já
appeler	chamar, ligar	délicieux/euse	delicioso/a
aujourd'hui	hoje	destination	destino
bande dessinée (BD)	história em quadrinhos	différent/e	diferente
		emmener	levar
circonstance	circunstância	essayer	tentar
danser	dançar	étranger/ère	estrangeiro/a
découverte	descoberta	étudier	estudar

faim	fome	raison	razão
faire connaissance avec quelqu'un	conhecer, entrar em contato com alguém	recette	receita
		recevoir	receber
habiter	morar, residir	répondre	responder
jeune	jovem	réponse	resposta
joli/e	bonito/a	reporter	jornalista, repórter
lointain/e	distante, longe	sommaire	sumário, conteúdo
métier	profissão	sujet	tema
parole	palavra	sûr	seguro, confiante
paysage	paisagem	sûrement	com certeza, certamente
pousser	levar, impulsionar, empurrar		
		trottoir m.	calçada
puis	além disso, logo	vie	vida
question	pergunta		

Transcription

Stéphane : Au sommaire de ce programme, beaucoup de choses.
Claire : Pour commencer, beaucoup de questions. Et nous allons essayer de répondre à ces questions.
S : Qui apprend le français ? Pourquoi est-ce qu'on apprend le français aujourd'hui ? Quelles sont les motivations qui poussent les gens à apprendre notre langu ?
C : Eh bien, d'abord, nous allons découvrir quelques réponses à ces questions avec le «micro-trottoir».
S : Oui, notre reporter préféré va interroger des étrangers qui parlent français, qui étudient ou habitent en France.
C : Et vous allez voir qu'il y a beaucoup de raisons différentes pour apprendre le français. Nous allons aussi faire connaissance avec des gens qui parlent le français par obligation, ou par tradition, ou parce que les circonstances de leur vie les ont amenés en France.
S : Et puis nous allons vous présenter la France sous toutes ses coutures : sa culture en général...
C : Son cinéma, sa littérature...
S : Son histoire un peu...
C : Mais nous allons aussi vous parler de sport. On va vous faire danser la tecktonik !
S : Nous allons vous emmener à la découverte de jolis paysages, de destinations lointaines.
C : Et essayer avec vous des recettes délicieuses et vous donner envie d'aller au restaurant.
S : Mmmmm... J'ai déjà faim !
C : Nous allons recevoir des invités qui vont nous parler de leurs métiers, de leurs vies, de leurs passions...
S : Et évidemment on va donner la parole à nos auditeurs, qui vont pouvoir nous appeler et participer à notre émission.
C : Et puis nous avons aussi des sujets pour nos plus jeunes auditeurs, et pour les amateurs de danse, de bandes dessinées ou de cinéma.
S : Comme moi, par exemple.
C : Bref, vous allez sûrement trouver quelque chose d'intéressant.
S : C'est sûr ! Alors, allons-y !

PISTE 03 / CD 1 ▶▶ MICRO-TROTTOIR

COMPRÉHENSION ORALE

1 Por que as pessoas entrevistadas estão aprendendo francês? Marque no quadro.

	Alberto	Lise	Jordi	Sven
Por amor				
Porque gosta da culinária e da literatura francesas				
Por causa dos estudos				
Para poder trabalhar na África				

2 Vrai ou faux ? Marque a alternativa correta.

	Vrai	Faux
1. Alberto est portugais.		
2. Alberto a 22 ans.		
3. Il croit qu'étudier le français est positif pour son CV.		
4. Il étudie le français depuis 2 ans.		
5. Lise est américaine.		
6. Lise a 41 ans.		
7. Elle est décoratrice.		
8. Lise aime lire des traductions de romans.		
9. Lise adore la cuisine anglaise.		
10. Jordi apprend le français parce qu'il adore la cuisine française.		
11. Il travaille beaucoup en Afrique.		
12. Sven est suédois.		

GRAMMAIRE

Le genre et le nombre des adjectifs

Os adjetivos em francês concordam em gênero e número com o substantivo que acompanham. Em geral, forma-se o feminino singular acrescentando **-e** à forma masculina e o feminino plural acrescentando **-es**, enquanto o masculino plural se forma acrescentando apenas **-s**: **grand ▸ grande ▸ grands ▸ grandes**. Na faixa 8, você confere todos os casos.

Les noms de pays et les adjectifs de nationalité

Aos gentílicos se acrescenta, como na maioria dos adjetivos, um **-e** no feminino (**allemand ▸ allemande**, **français ▸ française**, **suédois ▸ suédoise**, **espagnol ▸ espagnole**, **mexicain ▸ mexicaine**, **afghan ▸ afghane**). Há, no entanto, alguns casos especiais:

Masculin	Féminin	Exemples
-ien	-ien**ne**	canadien/canadienne, italien/italienne
-on	-on**ne**	breton/bretonne, saxon/saxonne
-e	*invariable*	russe, belge, suisse

3 Escute o áudio ou leia a transcrição e escreva os gentílicos das pessoas que estão aprendendo francês.

Alberto est _____, Lise est _____, Jordi est _____, Mathilde est _____ et Sven est _____.

4 Agora escreva a nacionalidade de cada um dos famosos abaixo.

> grec/greque · islandais/e · argentin/e · tchèque · chinois/e
> brésilien/enne · autrichien/enne · russe

1. Björk est _____
2. Onassis était _____
3. Tolstoi était _____
4. Yao Ming est _____
5. Gisele Bündchen est _____
6. Mozart était _____
7. Franz Kafka était _____
8. Lionel Messi est _____

5 Coloque no mapa os nomes dos vinte países europeus abaixo. Em seguida, com a ajuda do dicionário, complete com os nomes dos demais países.

> la France · l'Allemagne · la Belgique · la Russie · l'Espagne · la Hollande · la Suède
> la Pologne · l'Italie · le Portugal · l'Islande · la Norvège · la Finlande · la Suisse
> la Slovaquie · la Grèce · la République Tchèque · la Croatie · la Serbie · la Slovénie

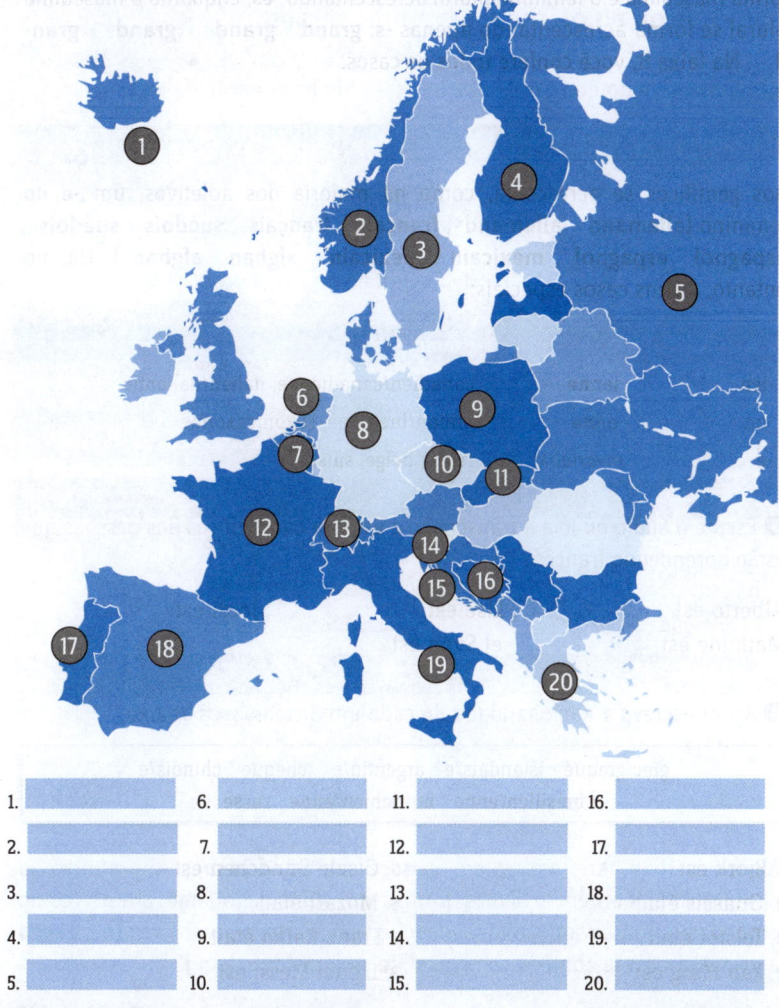

1.	6.	11.	16.
2.	7.	12.	17.
3.	8.	13.	18.
4.	9.	14.	19.
5.	10.	15.	20.

Observe que a maioria dos nomes de países leva artigo (feminino, masculino ou plural). Para saber se é feminino ou masculino, é necessário observar a última letra: os que terminam em consoante ou em **-a**, **-i**, **-u** ou **-o** são masculinos; os que terminam em **-e** são femininos, exceto **le Mozambique**, **le Mexique**, **le Cambodge** e **le Zimbabwe**.

Conjugaison au présent : les autres verbes

6 Escute e complete. As formas que faltam aparecem na faixa.

AVOIR			
j'	**ai**	nous	
tu	**as**	vous	
il / elle / on	**a**	ils / elles	
APPRENDRE			
j'		nous	apprenons
tu	apprends	vous	apprenez
il / elle / on	apprend	ils / elles	
FAIRE			
je		nous	**faisons**
tu		vous	**faites**
il / elle / on		ils / elles	**font**
ENTENDRE			
j'		nous	entendons
tu	entends	vous	
il / elle / on	entend	ils / elles	entendent

Alguns verbos terminados em **-endre** (como **prendre**, **apprendre** ou **comprendre**) perdem o **d** nas formas do plural, enquanto outros (como **entendre**) o conservam em toda a conjugação. Observe também que, quando a primeira pessoa começa com vogal, **je** se transforma em **j'**.

LEXIQUE

Depuis, ça fait, il y a

Lise diz **J'habite en France depuis un an et demi**. **Depuis** NÃO significa «depois», mas «desde» + momento/data ou «há» + tempo (duração).

Il pleut **depuis** hier. *Chove desde ontem.*
Je n'ai pas de nouvelles de *Não tenho notícias*
lui **depuis** des mois. *dele há meses.*

Depuis também pode usado com **que** + sujeito + verbo.

Depuis qu'il a 12 ans... *Desde que tem 12 anos...*
Depuis qu'il a comencé... *Desde que começou...*

Também podem ser usadas as construções **ça fait** + tempo (duração) + **que** ou **il y a** + tempo (duração) + **que**:

Il habite ici **depuis** 10 ans.
= **Ça fait** 10 ans **qu**'il habite ici. / **Il y a** 10 ans **qu**'il habite ici.

Déjà, pas encore

Déjà e **pas encore** equivalem a "já" e "ainda não", respectivamente.

- Tu connais **déjà** Patrick, je crois. *Você já conhece o Patrick, não é?*
- Non, (je ne le connais) **pas encore**. *Não, ainda não (o conheço).*

Pourquoi ?

Normalmente a uma pergunta que começa com **Pourquoi ?** («Por quê?») se dá uma resposta com **Parce que** («Porque»). Também podemos utilizar a construção **Pour** + nome ou **Pour** + infinitivo.

- **Pourquoi** tu étudies le français ?
- **Parce que** je travaille pour une entreprise française.
  Pour le plaisir.
  Pour faire du tourisme en France.

Prépositions de lieu

Para localizar alguém ou algo no espaço, usamos preposições como **à, dans, sur, en**...

7 Escute a faixa e complete o texto com as preposições que faltam.

1. Manu est .... la rue.
2. Alberto vient d'Espagne mais il va retourner vivre .... son pays après son année Erasmus .... l'étranger.
3. Jordi vient .... Catalogne et veut travailler .... Afrique : .... Burkina, ... Sénégal ou .... Côte d'Ivoire.
4. Lise est née .... Angleterre mais elle habite .... France.

Agora tente completar o quadro.

	Préposition	Exemples
Nome de país masculino que começa com consoante ou **h** aspirado*		......Portugal, ...Burkina, ...Maroc, ...Honduras
Nome de país ou região feminino e país masculino que comece com vogal		......Espagne, ...France, ...Andalousie, ...Russie, ...Irak
Nome de país plural ou de ilhas com artigo plural	**aux**	**aux** Etats-Unis, **aux** Pays-Bas, **aux** Canaries, **aux** Baléares
Alguns nomes masculinos ou femininos de lugares, montanhas ou regiões	**dans**	**dans** le monde, **dans** la ville, **dans** la rue, **dans** les Alpes
Nomes de cidades	**à**	**à** Paris, **à** Barcelone, **à** Lyon, **à** New-York, **à** Caracas

*Existem dois tipos de **h** em francês: o aspirado e o mudo. Não há diferenças de pronúncia entre eles, exceto quando estão após o artigo definido: **le/la** sempre se apostrofam antes de um **h** mudo, mas não mudam antes de **h** aspirado; quanto a **les**, pronuncia-se o **s** se estiver antes do **h** mudo (**les hommes**), mas não antes de **h** aspirado (**les haricots**).

C'est / Il y a

Jordi diz **Il y a beaucoup de langues différentes en Afrique**. **C'est** («É...») e **Il y a** («Há...») são *présentatifs*, ou seja, servem para apresentar coisas ou pessoas e fazer apreciações. Já vimos na faixa anterior que **c'est** pode vir seguido de um substantivo, de um adjetivo ou de um advérbio. **Il y a** sempre vai acompanhado de um substantivo.

C'est une femme.	(substantivo)	*É uma mulher.*
C'est difficile.	(adjetivo)	*É difícil.*
C'est bien.	(advérbio)	*Está bem.*
Il y a du monde.	(substantivo)	*Há gente.*

Antes de um advérbio, de um adjetivo ou de um substantivo, podemos usar um quantificador.

C'est **très** bien.	(advérbio)	*Está muito bem.*
C'est **vraiment** difficile.	(adjetivo)	*É bastante difícil.*
Il y a **beaucoup** de monde.	(substantivo)	*Há muita gente.*

As formas negativas são **ce n'est pas** e **il n'y a pas (de)**.

Ce n'est pas facile.	*Não é fácil.*
Il n'y a pas de problème.	*Não há nenhum problema.*

8 Traduza para o francês as frases abaixo em seu caderno.

1. Há muita gente na rua.
2. É uma cidade bonita.
3. Há muitos escritores bons.
4. É interessante.
5. Há poucos parques em Barcelona.
6. Não é muito difícil.
7. É um pouco chato.
8. Não é um país nórdico.

Tu ou vous ?

O francês é um pouco mais formal que o português. Se você não conhece alguém, a melhor forma de se dirigir a essa pessoa é com **vous** e, se for conveniente, passar a **tu** depois. Cuidado também com as saudações e outras expressões; variam se somos formais ou não.

Tu	Vous
Salut ! / Ciao ! / Bye !	Bonjour / Bonsoir
De rien. / Il n'y a pas de quoi. / Je t'en prie.	Je vous en prie.
Excuse-moi.	Excusez-moi.

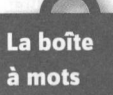

La boîte à mots

A cause de moi	A culpa é minha
Bon courage !	Coragem!
faire des progrès	melhorar
Je vous en prie.	Não há de quê.
Qu'est-ce que tu fais dans la vie ?	O que você faz?
Salut !	Oi! / Tchau!
tout à fait	totalmente
Voilà, c'est ça !	Isso mesmo / Justamente

Glossaire

à côté de	ao lado de	d'accord	de acordo
accepter	aceitar	de rien	de nada
âge *m.*	idade	décorateur/rice	decorador/a
aider	ajudar	déjà	já
ami/e	amigo/a	demi/e	meio/a
amour	amor	devoir	ter que, dever
amoureux/euse	apaixonado/a	dire	dizer
an	ano	échange	intercâmbio
anglais/e	inglês/a	enfant	criança
année *f.*	ano	enfin	bom, enfim
antenne	antena	entendre	ouvir
après	depois	espagnol/e	espanhol/a
arriver	chegar	être lié/e	ser associado/a
bien sûr	naturalmente, claro	étude	estudo
bon/ne	bom/a	étudiant/e	estudante
ça (*abrev. de* cela)	isto, isso	facile	fácil
Catalogne	Catalunha	forcément	forçosamente, necessariamente
classe	aula, turma		
collaborer	colaborar	gentiment	amavelmente
croire	crer	ici	aqui
cuisine	cozinha	idée	ideia
cuisiner	cozinhar	intérieur	interior
curieux/euse	curioso/a	justifier	justificar

là-bas	ali, aí, lá	progrès	progresso, avanço
langue maternelle	língua materna	projet	projeto
limité/e	limitado/a	quand	quando
lire	ler	rendre	devolver
longtemps	muito tempo	réputation	fama
merci	obrigado/a	rester	ficar
mois	mês	retourner	voltar
moment	momento	retrouver	encontrar, reencontrar
nordique	nórdico/a	rien	nada
obligatoire	obrigatório	rue	rua
ONG	*sigla de* Organização não governamental	savoir	saber
		sinon	senão
original/ale/aux	original/is	suédois/e	sueco/a
où	onde	surtout	principalmente
parce que	porque	témoignage	testemunho
partir	partir, ir embora	terminer	acabar, terminar
passant/e	concorrido/a	texte	texto
pauvre	pobre	théâtre	teatro
personne	pessoa	tout de suite	em seguida
peut-être	talvez	traduction	tradução
plus tard	mais tarde, depois	travailler	trabalhar
poésie	poesia	université	universidade
point	ponta	venir de	proceder, vir de
pourquoi	por quê?	ville	cidade
pratique	prático/a		

Transcription

Stéphane : Nous retrouvons tout de suite notre reporter préféré, Manu. Dans la rue, il interroge différentes personnes qui ont toutes un point commun.
Claire : Oui, Stéphane. Ces personnes apprennent ou parlent déjà notre langue, mais elles ne sont pas françaises.
S : Voilà, c'est ça, et vous allez voir qu'elles ont toutes des raisons différentes d'apprendre notre langue.
C : Allô Manu ! Vous nous entendez ?
Manu : Oui, je vous entends très bien. Bonjour Claire ! Bonjour Stéphane !
C : Bonjour !
S : Salut ! Alors explique-nous : où es-tu ?
M : Je suis dans une rue très passante de la ville et j'ai trouvé quelques personnes ici qui ont gentiment accepté de répondre à mes questions. Elles sont là, à côté de moi.
C : Allez-y Manu ! Nous sommes très curieux de les entendre !
M : D'abord, nous avons ici...
Alberto : Alberto.
M : Bonjour Alberto, et merci de répondre à nos questions. Alors, Alberto : d'où est-ce que tu viens ? Quel âge as-tu ? Qu'est-ce que tu fais dans la vie ?

A : Bon, je suis espagnol, de Madrid. Je suis... J'ai 21 ans et je suis étudiant. Je fais un Erasmus ici.
M : Un Erasmus ?
A : Oui, c'est un échange avec ma... mon université.
M : Et pourquoi ici, en France ?
A : Parce que en Espagne, c'est très bien les études, mais c'est bien aussi d'étudier à l'étranger, pour le CV, tu sais ?
M : Oui, bien sûr ! Et ça fait longtemps que tu étudies le français ?
A : Deux ans mais c'est plus facile quand tu es ici.
M : Et c'est obligatoire de parler français pour faire l'échange Erasmus ?
A : Ben oui, sinon, tu comprends rien... les classes, c'est en français !
M : Oui, bien sûr ! Et plus tard, tu veux rester en France ou tu vas retourner dans ton pays ?
A : Euh... Peut-être que je vais d'abord travailler un peu en France, si je peux, mais après je veux retourner en Espagne, je crois.
M : Bien, merci Alberto !
A : De rien ! Salut !
M : Et maintenant, on part en Europe du Nord, enfin un peu plus au nord, avec... Comment vous vous appelez ?
Lise : Je m'appelle Elisabeth, Lise, si vous préférez.
M : Lise, et vous êtes... ?
L : Je suis anglaise, de Londres.
M : Parlez-nous de vous un peu...
L : Je suis de Londres mais maintenant j'habite en France, depuis un an et demi. J'ai 41 ans. Je suis décoratrice.
M : D'intérieur ?
L : Maintenant, oui, mais avant, pour le théâtre.
M : Ah, intéressant ! Alors, dites-nous : pourquoi le français ? Pourquoi la France ?

L : Eh bien... j'aime ce pays depuis que je suis toute petite, j'adore la littérature et la poésie française. C'est très joli. Comme je n'aime pas lire les traductions, je préfère lire le texte original.
M : Donc, le français est lié à une certaine idée de la culture, pour vous.
L : Oui, on peut dire ça. Mais j'aime aussi beaucoup cuisiner.
M : C'est une passion ?
L : Oui, une vraie passion ! Et, vous savez ? La cuisine anglaise n'a pas très bonne réputation.
M : Non, c'est vrai, mais c'est justifié ?
L : Je préfère... Bon, je ne veux rien dire, il y a de bonnes choses aussi mais j'adore la cuisine française !
M : Alors, bon courage Elisabeth !
L : Merci !
M : Et vous, Jordi, vous aimez la cuisine française ?
Jordi : Oui, mais ce n'est pas pour ça que j'apprends le français...
M : Non ? Alors, expliquez-nous !
J : Bon, moi, je suis espagnol, de Catalogne...
M : Ah, un Catalan !
J : Et, en fait, depuis quelques années, je collabore avec des ONG, pour aider les gens, les enfants dans les pays pauvres.
M : Ah ? Et vous avez besoin du français ?
J : Ben, oui, parce que j'ai beaucoup de projets en Afrique, dans les pays d'Afrique où on parle français.
M : Par exemple ?
J : Bon, au Sénégal, au Burkina Faso, en Côte d'Ivoire...
M : Mais, le français est la langue maternelle là-bas.
J : Non, pas forcément, mais il y a beaucoup de langues différentes en Afrique et parler le français, c'est pratique, c'est plus facile. C'est sur-

tout pour l'administration et tout ça...
M : Très bien, merci à vous.
J : Je vous en prie.
M : Et pour terminer, nous interrogeons Mathilde qui est française mais...
Mathilde : Je vous présente Sven qui est suédois.
M : Les pays nordiques... Oui, et pourquoi Sven ne se présente pas tout seul ?
Mt : Ben, parce qu'il vient d'arriver et, à part « bonjour », il est un peu...
M : Limité ? Oui, d'accord. Alors, qu'est-ce qu'il fait ici, votre ami suédois ?
Mt : Il est ici à cause de moi.
M : Qu'est-ce que vous voulez dire ?
Mt : Ben... on se connaît depuis quelques mois et on est amoureux, voilà. Donc maintenant il est ici et il doit apprendre le français pour rester avec moi.
M : Ah, l'amour ! C'est vrai tout ça, Sven ?
Sven : Ah... Mmm...
M : Bon, oui, il a encore des progrès à faire. Merci Mathilde. Voilà, c'est le moment de rendre l'antenne.
C : Merci pour ces jolis témoignages, Manu !
St : Oui, très intéressant !
M : Salut !
C : Et maintenant nous allons écouter un autre témoignage, celui d'Hannah, une Française pas tout à fait comme les autres.

PISTE 04 / CD 1 ▶▶ HISTOIRE DE FAMILLE

COMPRÉHENSION ORALE

❶ Vrai ou faux ? Marque a alternativa correta. Depois, tente traduzir as frases.

	Vrai	Faux
1. Hannah est française.		
2. Les grands-parents paternels d'Hannah sont étrangers.		
3. Le père d'Hannah est fils unique.		
4. Hannah a une sœur.		
5. La mère d'Hannah a trois sœurs et deux frères.		
6. Deux des cousines d'Hannah sont jumelles.		
7. Manel est un cousin d'Hannah.		
8. Vlad est un des oncles d'Hannah.		

LEXIQUE

La famille

❷ Coloque cada par de palavras em seu lugar correspondente.

père / mère · cousin / cousine · frère / sœur · oncle / tante · grand-père / grand-mère

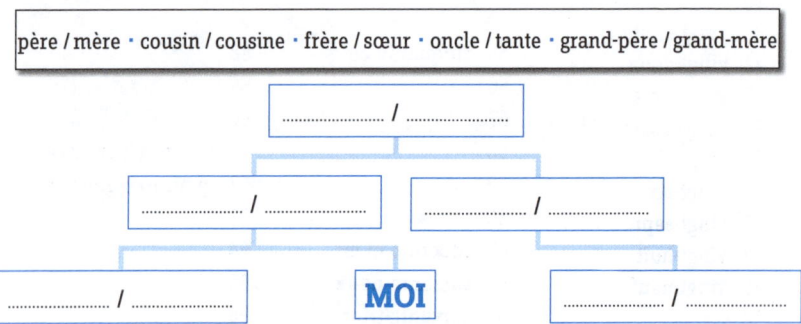

Para nos referirmos aos pais, aos irmãos e aos filhos em geral, fazemos o seguinte: **mon père + ma mère = mes parents**, **mon frère + ma sœur = mes frères et sœurs**, **mon fils + ma fille = mes enfants**.

Les nombres

3 Observe a tabela e escreva os números que faltam.

0 zéro	34 trente-quatre	67 soixante-sept
1 un	35	68
2 deux	36	69
3 trois	37	70 soixante-dix
4 quatre	38	71 soixante et onze
5 cinq	39	72 soixante-douze
6 six	40 quarante	73
7 sept	41 quarante et un	74
8 huit	42 quarante-deux	75
9 neuf	43	76
10 dix	44	77
11 onze	45	78
12 douze	46	79
13 treize	47 quarant-sept	80 quatre-vingts
14 quatorze	48	81 quatre-vingt-un
15 quinze	49	82 quatre-vingt-deux
16 seize	50 cinquante	83
17 dix-sept	51 cinquante et un	84
18 dix-huit	52 cinquante-deux	85
19 dix-neuf	53	86 quatre-vingt-six
20 vingt	54	87
21 vingt et un	55 cinquante-cinq	88
22 vingt-deux	56	89
23 vingt-trois	57	90 quatre-vingt-dix
24 vingt-quatre	58	91 quatre-vingt-onze
25 vingt-cinq	59	92 quatre-vingt-douze
26 vingt-six	60 soixante	93
27 vingt-sept	61 soixante et un	94
28 vingt-huit	62 soixante-deux	95
29 vingt-neuf	63 soixante-trois	96
30 trente	64 soixante-quatre	97
31 trente et un	65	98
32 trente-deux	66	99
33 trente-trois		

Le verbe jouer

O verbo **jouer** é traduzido como «jogar», mas também como «atuar» (no teatro ou cinema) ou «tocar» (um instrumento). Hannah o utiliza com este último sentido: **Guillaume joue du violon et Xavier, donc son frère, (joue) du piano.**

Les professions

4 Escute a faixa e complete as frases com as profissões de cada um.

> pianiste · femme au foyer · professeur · avocat · musiciens
> étudiante · traductrice-interprète · actrice

1. Hannah est _____.
2. Son frère Antoine est _____ de russe et d'anglais.
3. Certains des cousins d'Hannah sont _____.
4. Xavier est un excellent _____.
5. Alexandre est _____.
6. Judith est _____ en architecture
7. Léna est _____, elle s'occupe de sa fille.
8. Emma est _____.

5 Complete o quadro com as formas masculinas e femininas.

Masculin	Féminin	
traducteur		tradutor/a
acteur		ator/atriz
	amatrice	amador/a
interprète		intérprete
	avocate	advogado/a
	musicienne	músico/musicista
comédien		ator/atriz (de teatro)
	professeur	professor/a
	pianiste, violoniste	pianista, violinista
étudiant		estudante
chanteur	chanteuse	cantor/a

GRAMMAIRE

Demander et dire l'âge

6 Escute ou leia a transcrição e procure como se pergunta em francês a idade de alguém. Escreva no caderno.

Outra forma de perguntar a idade é **Quel âge avez-vous ?** (formal) ou **Quel âge vous avez ?** (padrão), e, se perguntamos a um conhecido, devemos dizer **Quel âge as-tu ?** (formal) ou **Quel âge tu as ?** (padrão). Para responder, utiliza-se **avoir** («ter»), como em português, e a palavra **ans** («anos»): **J'ai 32 ans**.

Exprimer une opinion

Hannah diz **Je crois** que nous sommes nombreux en France à avoir des origines diverses comme moi. A forma mais comum de expressar uma opinião é com o verbo **croire** («creer»).

Singulier		Pluriel	
je	crois	nous	croyons
tu	crois	vous	croyez
il / elle / on	croit	ils / elles	croient

Outros verbos que podemos usar para opinar são **penser** ou **trouver**. Durante a entrevista, Hannah diz **Vous trouvez ?** com o sentido de «Você acha?».

Exprimer la posession : à + pronom tonique

Na faixa 2, vimos os adjetivos possessivos. Também podemos indicar posse com a preposição **à** + um pronome tônico:

Pronom sujet	je	tu	il	elle	on / nous	vous	ils	elles
Pronom tonique	moi	toi	lui	elle	nous	vous	eux	elles

- Ça, c'est **à** qui ? *De quem é isso?*
- C'est **à moi**. *É meu.*

7 No diálogo, Camille está apresentando Virginie aos membros de sua família. Complete com um adjetivo possessivo ou um pronome tônico.

Camille : Voici une photo de ███████ famille. Là, c'est ███████ frère, Olivier. Et ici, c'est ███████ grand-mère maternelle, Janine.
Virginie : Et à côté de ███████ frère, c'est ███████ mère ?
Camille : Oui, c'est ça, c'est ███████ mère.
Virginie : Et ça, c'est ███████ chien ?
Camille : Non, nous n'avons pas de chien.
Virginie : Ah ? Il n'est pas à ███████ ? Alors, il est à qui ?
Camille : C'est le chien des voisins, c'est ███████ chien.
Virginie : Et ce chat, là, il est aussi à ███████ ?
Camille : Non, il n'est pas à ███████. Il est à ███████ mère. C'est ███████ chat.
Virginie : Et ███████ père ? Il n'est pas sur la photo ?
Camille : Non, ███████ parents sont divorcés.

Parler de la profession

Hannah diz **Judith est étudiante en architecture**. Para falar da profissão, podemos usar o verbo **être** seguido da profissão ou o verbo **travailler** + **dans / pour / chez** + o lugar de trabalho. Para perguntar pela profissão, podemos utilizar uma destas três perguntas:

- **Qu'est-ce que** tu fais/vous faites **dans la vie ?**
  Quel est ton/votre **travail** ou **Quel est** ta/votre **profession** ?
  Qu'est-ce que tu fais/vous faites **comme travail ?**

- Je **suis** avocat.
  Je **travaille dans** une banque.
  Je **travaille pour** une entreprise.
  Je **travaille chez** PONS IDIOMAS.

C'est / il/elle est, Ce sont / ils/elles sont

Já vimos nas faixas 2 e 3 que usamos **c'est** para fazer comentários ou apreciações (**C'est joli !**, **C'est sympa !**) ou para apresentar ou identificar alguém ou algo (**C'est Paul**, **C'est le directeur**). A forma plural de **c'est** é **ce sont**.

Ce sont les parents de Jacques. *Eles são os pais de Jacques.*
Ce sont tes enfants ? *São seus filhos?*

Para falar de pessoas e coisas também usamos **il/elle est** ou **ils/elles sont**. Muitas vezes usamos **c'est** ou **ce sont** para apresentar alguém ou algo, e em seguida, **il/elle est** ou **ils/elles sont** para acrescentar informações sobre essa/s pessoa/s ou coisa/s.

C'est une voiture. **Elle est** économique et pratique.
Ce sont leurs enfants. **Ils sont** très sympas.

La boîte à mots

Ah bon ?	Ah é? Sério?
comme on dit	como se costuma dizer
n'est-ce pas ?	não?
pure souche	de pura estirpe (*é usado para se referir a franceses que têm apenas ascendência francesa*)
Que d'artistes !	Quantos artistas!
un certain nombre	alguns
venir de/d' + infinitif	acabar de + infinitivo
Voyons...	Vejamos...

Glossaire

acteur/rice	ator/atriz	comédien/ne	ator/atriz de teatro
âgé/e	senhor/a, de certa idade	continuer à	continuar
aîné/e	(irmão/ã) mais velho/a	contrairement	ao contrário
avocat/e	advogado/a	côté	lado
bon/bonne	bom/boa	cousin/e	primo/a
bouger	mover-se	difficile	difícil
cadet/te	caçula	divers/es	diverso/a/os/as
chanter	cantar	droit	direito
chœur	coral	éducation	educação
combien	quanto/a/os/as	émigrer	emigrar

en dehors	fora de	naître	nascer
en fait	de fato	neuf/neuve	novo/a
en plus	além disso	nombreux/euse	numeroso/a
en tout	total, então	oncle	tío
enfant/s	filho (*fils*), filha (*fille*), filhos	origine	origem
		par contre	por outro lado
Etats-Unis	Estados Unidos	parents	pais
être marié/e	estar/ser casado/a	particulier/ière	particular, especial
familial/ale/aux	familiar	paternel/elle	paterno/a
famille	família	père	pai
femme au foyer	dona de casa	plaisir	prazer, gosto
fille	filha	plein	muitíssimo/s
fils unique	filho único	polonais/e	polonês/esa
fils	filho	presque	quase
frère	irmão	professeur	professor/a
frontière	fronteira	professionnel/elle	profissional
génération	geração	raconter	narrar, contar
grand-mère	avó	réfléchir	pensar, refletir
grand-père	avô	remonter à toujours	remontar a tempos distantes, imemoriais
guitare	violão, guitarra		
heureusement	felizmente	s'occuper de	cuidar de, ocupar-se de
jouer	jogar, tocar (um instrumento)	se réfugier	refugiar-se
		se sentir	sentir-se
jumeau/elle/eaux/elles	gêmeo/a/os/as	se spécialiser	especializar-se
		si	tão
justement	precisamente	sœur	irmã
laisser	deixar, permitir	souvent	frequentemente
maman	mamãe	tante	tia
maternel/elle	materno/a	toujours	sempre
mélanger	misturar	traducteur/trice -interprète	tradutor/a e intérprete
mère	mãe		
monde	mundo	violon	violino
musicien	músico	violoncelle	violoncelo

Transcription

Claire : Bonjour Hannah et merci de participer à notre émission.
Hannah : Bonjour. C'est un plaisir.
Stéphane : Oui, merci d'être là pour nous parler de votre famille si originale.
H : Vous trouvez ? Bon... je sais pas... Je crois que nous sommes nombreux en France, en fait, à avoir des origines diverses, comme moi.
C : Ah, bon ? Mais... racontez-nous un peu votre histoire familiale qui a commencé en dehors de nos frontières, je crois ?
H : Oui mais en fait seulement d'un côté de la famille.

S : Excusez-moi, mais vous, vous êtes française, n'est-ce pas ?

H : Oui oui, bien sûr ! Moi, je suis née en France et mes parents aussi sont nés en France.

C : Mais... vous dites que vous êtes français seulement d'un côté de la famille. Qu'est-ce que vous voulez dire ?

H : Eh bien que... en fait, du côté de mon père, toute ma famille paternelle est « pure souche », comme on dit. Les origines françaises remontent à toujours, je crois. Oui, je crois qu'il n'y a pas d'étrangers de ce côté-là.

S : Par contre, du côté maternel...

H : Ouf, du côté maternel, alors là c'est beaucoup plus mélangé, eh ! Alors, en fait, ma grand-mère maternelle...

C : La mère de votre mère...

H : Oui, c'est ça ! Donc, ma grand-mère maternelle, elle est polonaise.

S : Ah bon ? Et vous savez pourquoi elle est venue en France, de Pologne ?

H : En fait, ma grand-mère habite en France depuis qu'elle a 4 ans. Donc elle se sent presque plus française que polonaise. Elle est arrivée toute petite avec ses parents. Son éducation est française, en fait.

C : Mais est-ce qu'elle continue à parler polonais ?

H : Oui, heureusement ! C'est une tradition familiale : tout le monde dans la famille parle polonais et espagnol aussi.

S : Espagnol ?

H : Oui, parce que mon grand-père est d'origine espagnole. Il est émigré, en fin plus exactement réfugié, depuis l'âge de 20 ans.

C : Alors, du côté maternel, les parents de votre mère sont tous les deux étrangers à l'origine.

H : Oui, c'est ça !

S : Mais vos parents sont nés en France ?

H : Oui, oui ! La famille de mon père est française depuis toujours. Et celle de ma mère, donc mon grand-père espagnol et ma grand-mère polonaise, ont eu leurs enfants en France. Donc ma mère, mes oncles et mes tantes sont la première génération de Français de la famille de ce côté-là.

C : Alors, justement, votre famille : combien de frères et de sœurs a votre maman ?

H : Ouf... plein ! Enfin, de ce côté-là, ils sont très nombreux ! Ma mère a deux sœurs aînées et trois frères cadets. En fait, en tout, ils sont six enfants.

S : Et votre père ?

H : Lui, alors là, non, non, c'est tout le contraire : mon père est fils unique.

S : Oui, quel contraste !

H : Et en plus, tous mes oncles et mes tantes sont mariés et ils ont des enfants !

C : Vous avez combien de cousins ?

H : Un certain nombre. Alors, attendez, laissez-moi réfléchir. Voyons : mon oncle Vlad a deux fils, Guillaume et Xavier ; l'oncle Manel a trois filles, donc, Marina, Lidia et Michèle ; mon oncle Albert a seulement une fille qui s'appelle Judith. Et du côté de mes tantes... alors Jelena a deux filles, des jumelles, Léna et Emma, et sa sœur, Irina, a un fils, comment il s'appelle déjà ? Alexandre.

C : Donc ça vous fait combien de cousins, tout ce petit monde ?

H : Eh bien, laissez-moi calculer, neuf... oui, neuf, c'est ça, neuf.

S : Et vous, vous avez des frères et sœurs ?

H : Oui, alors, j'ai un frère qui s'appelle Antoine. Il est un peu plus âgé que moi.

C : Quel âge vous avez ? Tous les cousins, je veux dire.
H : C'est une question un petit peu difficile. Alors, attendez. Les enfants de mes tantes sont plus âgés que moi, ils ont tous entre 30 et 35 ans, mon frère vient d'avoir 31 ans, moi j'ai 29 ans et les autres ont entre 19 et 27 ans.
S : Et qu'est-ce que vous faites dans la vie ?
H : Moi, je suis traductrice-interprète. Mon frère est professeur de russe et anglais. Et mes cousins... Alors dans mes cousins, il y a un certain nombre de musiciens. C'est une autre tradition familiale.
C : Intéressant ! Et de quoi ils jouent ?
H : Alors, Guillaume joue du violon et Xavier, donc son frère, du piano. Ah, c'est un excellent pianiste ! Lidia joue du violoncelle. Marina et Michèle chantent dans un chœur et Alexandre, lui joue de la guitare. Enfin bon, lui, il n'est pas musicien professionnel, eh ? Contrairement aux autres qui eux font tous partie d'orchestres. Donc, c'est un amateur. Alexandre, lui, il est avocat. Et les autres, bon, Judith est étudiante en architecture, Léna est femme au foyer, alors elle s'occupe de sa fille qui a deux ans, et Emma est actrice, enfin, comédienne au théâtre.
S : Que d'artistes !
H : Oui.
C : Et... toute la famille habite en France ou non ?
H : Non. Les musiciens voyagent beaucoup et deux d'entre eux habitent aux États-Unis. Judith est mariée avec un Espagnol et elle donc habite en Espagne. Léna habite au Portugal avec son mari. Bref, tout le monde bouge mais on reste en contact et on se voit souvent.
S : Bien, merci beaucoup, Hannah, pour cette histoire familiale si particulière !
C : Oui, merci beaucoup !
H : Merci à vous !
S et C : Au revoir.

PISTE 05 / CD 1 ▶▶ LA NORMANDIE

COMPRÉHENSION ORALE

❶ Escute e marque se as afirmações são verdadeiras ou falsas.

	Vrai	Faux
1. Claire et Stéphane ont une invitée bretonne.		
2. Guillaume le Conquérant était normand.		
3. Les Parisiens n'aiment pas beaucoup la Normandie.		
4. On trouve la mer et la campagne en Normandie.		
5. La Normandie est composée de deux régions.		
6. La Manche est un département de Haute-Normandie.		
7. Caen est une ville de la Basse-Normandie.		
8. La côte normande est la même partout.		
9. Le Mont Saint Michel est breton.		
10. On célèbre un festival de cinéma à Deauville.		
11. En Normandie, on trouve aussi les plages du débarquement de la Seconde Guerre mondiale et des cimetières militaires.		
12. Les écrivains Flaubert et Maupassant sont normands.		
13. Un produit typique de cette région, c'est le camembert.		

LEXIQUE

Paysages

❷ Relacione as palavras do quadro com suas respectivas traduções.

> la côte · la préfecture · la baie · la falaise · la mer · la plage de sable · les rochers

a baía	....	a costa	....
a praia de areia	....	a falésia	....
as rochas	....	a capital do	
o mar	....	departamento (*département*)	....

Prépositions de lieu

Na faixa 3 vimos algumas regras sobre o uso das preposições de lugar. Lembre-se de que com nomes de regiões femininos costuma-se usar **en**, mas com nomes de **départements**, tanto femininos como masculinos, usamos **dans** + artigo.

La Normandie (région)	Nous allons **en** Normandie.
La Bretagne (région)	Nous aimons beaucoup aller **en** Bretagne.
La Manche (département)	Son amie habite **dans la** Manche.
Le Calvados (département)	Nous avons des amis **dans le** Calvados.

GRAMMAIRE

L'accord des adjectifs

Da mesma forma que o português, em francês os adjetivos concordam em gênero e número com o substantivo que acompanham. Dizemos, por exemplo, **un livre passionant** («um livro apaixonante») ou **une histoire passionante** («uma história apaixonante»), **des livres passionants** («livros apaixonantes») ou **des histoires passionantes** («histórias apaixonantes»).

Il y a / il n'y a pas (de)

Para expressar a existência ou a presença de algo ou alguém, usamos **il y a**, que equivale a «há». **Il y a** é uma estrutura fixa na qual a forma impessoal **il** é o sujeito gramatical. Vimos na faixa 3 que sua forma negativa é **il n'y a pas**. Quando **il y a** acompanha um grupo introduzido por um artigo indefinido ou partitivo, em sua forma negativa, se transforma em **de** (o **d'** antes de vogal ou **h** mudo).

Il y a **des** choses à voir.*	Il n'y a pas **de** choses à voir.
Il y a **un** château.	Il n'y a pas **de** château.
Il y a **des** hôtels.	Il n'y a pas **d'**hôtels.

O artigo não muda de forma se é definido:

Il y a **la** mer. / Il n'y a pas **la** mer.

* Quando em português usamos «por» / «para» + infinitivo em frases como «Há muitas coisas para fazer», em francês se usa a preposição **à** + infinitivo.

3 Escreva a forma negativa destas frases.

1. Il y a un livre sur la table.
2. Il y a l'électricité dans ce village.
3. Il y a des monuments à voir dans cette ville.
4. Il y a des maisons à colombages.
5. Il y a la montagne ici.
6. Il y a des arbres sur cette colline.

Parler des conditions météorologiques

Stéphane diz, referindo-se à Normandia: **Il pleut beaucoup là-bas**. Da mesma forma que em português, para falar do tempo podemos usar o verbo **faire** (+ adjetivo masculino singular) ou verbos impessoais que descrevam um fenômeno meteorológico, como **pleuvoir** («chover») ou **neiger** («nevar»).

Il fait froid / chaud.	*Faz frio / calor.*
Il fait beau / mauvais.	*Faz bom / mau tempo.*
Il fait du soleil / du vent.	*Faz sol / vento.*
Il fait 25°C aujourd'hui.	*Está fazendo 25 graus hoje.*
Il pleut / neige.	*Está chovendo / nevando.*

Si + présent + présent

Gisèle diz **Si vous préférez la nature bien verte, vous pouvez aller dans l'Orne**. Para expressar uma hipótese ou uma condição em francês, usamos a partícula **si** + um verbo no presente do indicativo seguido de outro verbo no presente.

Si tu **as** envie de calme, tu **dois** aller en Normandie.	*Se você quer um pouco de tranquilidade, deve ir à Normandia.*

4 Busque exemplos dessa estrutura na faixa e os escreva em seu caderno.

5 Agora, traduza as frases abaixo em seu caderno.

1. Se vocês gostam do mar, podem ir à Normandia. É muito bonito.
2. Chove muito nesta região, mas hoje está fazendo sol.
3. Há muitas coisas pra ver nesta cidade, não é?
4. Neste povoado não há nada para fazer. É muito chato.
5. Amanhã vamos à praia.
6. Em Sète, no sul da França, sempre venta muito.

La boîte à mots

À bientôt !	Até logo!
Au revoir !	Tchau!
avoir l'embarras du choix	ter muitos lugares para escolher
avoir un faible pour quelqu'un/quelque chose	ter uma queda por alguém/algo
Ça va ?	Como vai? Tudo bem?
Dites donc !	Ora, ora! Olha só...!
du moins	pelo menos
En parlant de...	Falando de...
Pour finir/conclure...	Para terminar

Glossaire

activité	atividade	cidre *m.*	sidra
alcool	álcool	cimetière	cemitério
allié/e/s/es	aliado/a/os/as	climat	clima
apprécier	avaliar	coin	canto (lugar)
au moins	pelo menos	colline	colina
baie	baía	colombage	estrutura de madeira
bas/basse	baixo/a	conclure	concluir
beurre *m.*	manteiga	conquérant	conquistador
campagne *f.*	campo	conquête	conquista
canadien/enne	canadense	conseiller	recomendar
car	porque	côte	costa
célèbre	célebre, famoso/a	couper	cortar, dividir
champ	campo	crème fraîche	creme de leite
choix	opção, escolha	débarquement	desembarque

French	Portuguese
déchet	resíduo
département	departamento
dépendre	depender
Deuxième Guerre mondiale	Segunda Guerra Mundial
devenir	converter-se
du moins	pelo menos
en ce qui concerne	do ponto de vista, quanto a
environnement	meio ambiente
exemple	exemplo
falaise	falésia
figurer	imaginar
fromage	queijo
géranium	gerânio
haut/haute	alto/a
humide	úmido/a
introduire	introduzir
lait	leite
maison	casa
maritime	marítimo/a
mémorial	monumento comemorativo
mentionner	mencionar
mer f.	mar
mont	monte
nationalité	nacionalidade
nature	natureza
nord-ouest	noroeste
parisien/enne	parisiense
partout	por todos os lados
passionné/e	apaixonado/a
pays	país, terra, região
peintre	pintor
peinture	pintura
péninsule	península
pittoresque	pitoresco
plage	praia
pleuvoir	chover
plusieurs	vários
point commun	ponto em comum
pomme	maçã
pommier	macieira
port	porto
posséder	possuir
pot	vaso
préfecture	capital do departamento
prochain/e	próximo/a
quitter	deixar
récent/e	recente
recyclage	reciclagem
reparler	retomar um tema, voltar a falar de algo
reportage	reportagem
résidence secondaire	segunda residência
rocher m.	rocha
roi	rei
s'arrêter	parar
s'intéressér	interessar-se
sable m.	areia
saint	santo, são + nome
(se) situer	encontrar(-se), localizar
Seine f.	o rio Sena
sembler	parecer
séquence	sequência
situer	situar, localizar
source	fonte
station balnéaire	balneário
surtout	principalmente
tapisserie	tapeçaria
tard	tarde
temps	tempo
territoire	território
tout le temps	todo o tempo, constantemente
traitement	tratamento
trou nourmand	pausa entre refeições
usine	fábrica
vache	vaca
vert/e	verde
voir	ver
week-end	fim de semana

Transcription

Stéphane : Et nous quittons Hannah et sa famille franco-hispano-polonaise pour retourner à une France plus typique ?

Claire : Typique, je ne sais pas pour nous, Stéphane, mais peut-être qu'elle va sembler plus typique à nos auditeurs.

S : Oui. Si je vous dis Maupassant, Monet, Jeanne d'Arc ou encore Guillaume Le Conquérant, Camembert, Deauville ou le 6 juin 1944 ? Qu'est-ce que vous me dites, Claire ?

C : Je vous dis... Normandie ?

S : Oui Claire, bravo! Vous connaissez vos classiques. Le point commun, c'est la Normandie. Et nous accueillons maintenant notre Normande à nous, Gisèle, qui vient nous présenter sa jolie région. Bonjour Gisèle !

Gisèle : Bonjour à tous les deux ! Ça va ?

C : Oui merci. Alors Gisèle, la Normandie. Vous pouvez commencer par nous situer, pour les auditeurs qui ne connaissent pas encore ?

G : Bien sûr, alors la Normandie est une région du Nord-Ouest de la France très verte parce qu'elle a un climat assez humide.

S : Il pleut beaucoup là-bas, non ?

G : Oui... enfin ça dépend. Il ne pleut pas tout le temps quand même. En fait, c'est une région vraiment très appréciée des Parisiens surtout pour leur résidence secondaire.

C : C'est une région de campagne ?

G : De campagne, bien sûr, avec ses vaches et ses pommiers, mais de mer, aussi ! Je dois vous dire que la Normandie, en fait, est coupée en deux : il y a la Haute-Normandie et la Basse-Normandie, deux régions qui possèdent chacune plusieurs départements.

S : Quels départements ?

G : En Basse-Normandie, vous avez la Manche avec la péninsule du Cotentin et la ville de Cherbourg, puis l'Orne à l'intérieur et le Calvados, avec sa préfecture : Caen. Et en Haute-Normandie, il y a la Seine Maritime avec Rouen et Le Havre, et l'Eure, avec la ville d'Évreux. Donc, il y a beaucoup de kilomètres de côtes, et de côtes très différentes à la fois.

S : Qu'est-ce que vous voulez dire ?

G : Eh bien, par exemple, pensez aux falaises d'Étretat, si connues, et à côté de ça, vous avez les plages de sable du Calvados, les rochers du Cotentin, la baie du Mont Saint-Michel.

C : Le Mont Saint-Michel ? Mais alors... il est breton ou normand ?

G : Ça c'est la bataille interminable entre la Bretagne et la Normandie mais je dois dire que le Mont Saint-Michel se situe en Normandie ou du moins il fait partie du territoire normand en ce qui concerne l'administration.

S : Donc, à qui est-ce que vous conseillez de visiter la Normandie ?

G : Et bien, un peu à tout le monde en fait. Il y a beaucoup de choses à voir et à faire en Normandie et c'est une région qui peut plaire à des publics très différents.

C : Qu'est-ce qu'on peut faire ? Par exemple ?

G : Par exemple, si vous aimez la nature, la campagne ou la mer, vous avez l'embarras du choix. Si vous préférez la nature bien verte, vous pouvez aller dans l'Orne, voir le Perche, un paysage de champs, de collines ou même dans le Calvados, dans un coin qui s'appelle le Pays d'Auge ou la Suisse normande. C'est très joli. Il y

a des maisons à colombages avec des pots de géraniums partout. C'est très pittoresque !
S : Et si on préfère la mer, on peut visiter quoi ?
G : Si vous avez un faible pour la mer, vous avez des paysages très différents aussi: la Côte d'Albatre par exemple, avec ses falaises, ou la côte Fleurie, avec ses champs qui arrivent presque jusqu'à la mer et ses stations balnéaires, Cabourg, Deauville, célèbre pour son festival de cinéma américain, et le très joli port d'Honfleur.
S : Et les plages du débarquement, non ?
G : Oui, oui, bien sûr car la Normandie intéresse aussi les passionnés d'histoire. Si vous êtes intéressés par l'histoire plus récente, vous pouvez visiter le Mémorial de Caen, sur la Deuxième Guerre mondiale, et les cimetières américains, canadiens et d'autres nationalités, et voir la plage du débarquement des alliés.
C : Omaha Beach ?
G : C'est ça mais il y a aussi l'histoire médiévale avec notre Normand le plus connu : Guillaume le Conquérant, qui a fait la conquête de l'Angleterre et qui est devenu Roi d'Angleterre en 1066.
S : Ah... la tapisserie de Bayeux !
G : Oui, oui, dites donc, vous aussi vous connaissez vos classiques !
C : En parlant de classiques, je crois savoir que la Normandie est aussi liée à la littérature et à la peinture, non ?
G : Oui. C'est exact! Les grands noms de la littérature en Normandie sont Malherbe, Corneille, Barbey D'Aurévilly, Flaubert et bien sûr, Maupassant ! Et ça ne s'arrête pas là. Et puis, la Normandie, c'est aussi la première source d'inspiration des peintres impressionnistes. Vous connaissez tous Monet et le nom de Giverny mais d'autres peintres connus sont aussi nés en Normandie.
S : Pour finir, parce qu'il faut conclure, parlez-nous aussi d'un thème important.
C : Oui Gisèle, vous ne nous avez encore rien dit de la gastronomie !
G : Alors, rapidement, la Normandie, c'est les vaches, le lait et donc les ingrédients de base de la cuisine traditionnelle sont le beurre, la crème fraîche, le fromage, le camembert, et pour l'alcool, la base, c'est la pomme qui donne le cidre et le Calvados.
S : Pour le trou normand !
G : Oui. Bref, on pourrait en parler encore longtemps, mais je crois qu'on n'a pas le temps alors j'espère que je vous ai au moins donné envie d'y aller.
C : Ah oui, pour moi, c'est sûr ! On peut y aller le week-end prochain Stéphane. Qu'est-ce que vous en pensez ?
S : Oui, on en reparle plus tard Claire. On est à l'antenne et notre prochain reportage nous attend. Merci Gisèle ! À bientôt !
G : Merci à tous les deux ! Au revoir !
S : Avec tout ça, on a oublié de mentionner une autre activité de la Normandie, de la péninsule du Cotentin...
C : Ah oui ? Laquelle ?
S : Eh bien, le recyclage des déchets radioactifs, figurez-vous ! Si si, c'est vrai ! À l'usine de traitement de la Hague mais si je vous dis tout ça, c'est pour introduire notre prochain sujet, le recyclage ! Alors, tout de suite, notre séquence « environnement ».

PISTE 06 / CD 1 ▶▶ À RECYCLER !

COMPRÉHENSION ORALE

❶ Escute e marque a alternativa correta.

1. Il y a ... intervenants dans l'émission.
   - [ ] un
   - [ ] cinq
   - [ ] deux
   - [ ] quatre

2. Les intervenants sont ...
   - [ ] une femme et trois hommes.
   - [ ] deux femmes et un homme.
   - [ ] une femme et un homme.
   - [ ] deux femmes et trois hommes.

3. Jérôme se trouve dans une usine de recyclage ...
   - [ ] aux Lilas.
   - [ ] à Villepinte.
   - [ ] à Saint-Denis.
   - [ ] à La Courneuve.

4. Monsieur Durand est ...
   - [ ] journaliste.
   - [ ] auditeur.
   - [ ] directeur de l'usine de recyclage.

5. La gestion du recyclage comporte ... étapes.
   - [ ] deux
   - [ ] trois
   - [ ] quatre
   - [ ] cinq

6. Monsieur Durand donne des conseils ...
   - [ ] à Claire et Stéphane.
   - [ ] aux consommateurs.
   - [ ] à Jérôme.
   - [ ] aux auditeurs.

❷ Vrai ou faux ?

	Vrai	Faux
1. Stéphane trie tous les déchets.		
2. Le recyclage permet de protéger l'environnement.		
3. Monsieur Durand interroge Jérôme.		
4. L'usine réalise la gestion du recyclage en France.		
5. L'usine permet de revaloriser l'ordure ménagère.		
6. Tous les types de déchets sont transformés en nouveaux produits.		

LEXIQUE

Les tâches menagères

Claire diz **Je suis sûre que vous faites le ménage à la maison**. **Faire le ménage** significa «limpar» («a casa»). Veja estas outras tarefas domésticas:

Dans la maison	Dans la cuisine	Dans la chambre
faire le ménage	faire la cuisine	ranger ses affaires
passer l'aspirateur	faire la vaisselle	faire son lit
laver le linge	mettre la table	
repasser	débarrasser la table	
faire la poussière	sortir la poubelle	
balayer	trier les déchets	

3 Aqui você tem as traduções dos conceitos anteriores. Escreva cada termo em francês ao lado de seu equivalente em português.

1. limpar
2. passar roupa
3. cozinhar
4. pôr a mesa
5. tirar o lixo
6. arrumar a cama
7. tirar o pó
8. passar o aspirador
9. lavar a roupa
10. lavar a louça
11. tirar a mesa
12. separar o lixo
13. arrumar o quarto
14. varrer

4 Complete as frases abaixo com as expressões que acabamos de ver.

1. Après le repas, je vais utiliser les gants pour _____ .
2. J'ai un rendez-vous important, je veux être présentable ! Je vais _____ ma chemise parce qu'elle est froissée.
3. Quel désordre ! Tu es prié de _____ ta chambre et de _____ ton lit !
4. Nous avons des invités ce soir ! David, tu veux bien _____ dans toute la maison ?
5. Les éboueurs passent ce soir à 21 h, tu peux _____ ?
6. Quand tu as fini de manger, tu peux _____ la table. Je n'ai pas le temps, je dois partir au bureau.

7. Il y a des miettes partout sur le sol, il faut ▬▬▬▬. Si tu cherches le balai, il est dans le placard de la cuisine.
8. Je ▬▬▬▬ tous les dimanches ! Comme ça j'ai des affaires propres pour toute la semaine.

GRAMMAIRE

Les adverbes de fréquence

+++	++	+	–	– –
toujours	souvent	parfois quelquefois	rarement	jamais

Os advérbios de frequência normalmente vão após o verbo conjugado.

Je travaille **toujours** le samedi. — *Sempre trabalho aos sábados.*

Il va **souvent** aux États-Unis pour voir sa tante. — *Ele frequentemente vai aos Estados Unidos para ver a tia.*

Ils organisent **quelquefois** des soirées dansantes à l'hôtel. — *De vez em quando organizam festas no hotel.*

Je n'ai pas l'habitude de lire à table, je le fais **rarement**. — *Não tenho o costume de ler na mesa; raramente faço isso.*

Il ne va **jamais** au théâtre, c'est trop cher. — *Ele não vai nunca ao teatro, é muito caro.*

5 Escute novamente a faixa e marque a opção correta.

	Toujours	Souvent	Parfois	Quelquefois	Jamais
1. Stéphane trie ses déchets.					
2. Stéphane trie le papier.					
3. Stéphane trie le plastique.					

Também é possível expressar frequência com **tous les jours** («todos os dias»), **toutes les semaines** («todas as semanas»), **tous les mois** («todos os meses»), **tous les ans** («todos os anos»), **chaque jour** («cada dia»), **chaque semaine** («toda semana»), **chaque mois** («todo mês»), **chaque année** («todo ano»).

Il passe l'aspirateur **tous les jours**.	*Ele passa o aspirador todos os dias.*
Elle paie son loyer **chaque mois**.	*Ela paga o aluguel todo mês.*

Também podemos usar expressões como **deux fois par semaine** («duas vezes por semana»), **deux fois par mois** («duas vezes por mês»), **deux fois par an** («duas vezes por ano») etc.

Nous rangeons notre chambre **une fois par** semaine.	*Arrumamos o quarto uma vez por semana.*

Les jours de la semaine

Os dias da semana em francês são: **le lundi**, **le mardi**, **le mercredi**, **le jeudi**, **le vendredi**, **le samedi** e **le dimanche**.

• Qu'est-ce que tu fais **le samedi** ?	*O que você faz aos sábados?*
• Je fais du sport.	*Pratico esporte.*

• On est **mardi** aujourd'hui, n'est-ce pas ?	*Hoje é terça-feira, não é?*
• Mais non, on est **mercredi** !	*Não! É quarta.*

Atenção! No primeiro exemplo, usamos o artigo (**le samedi**) porque nos referimos a «aos sábados» em geral. Para nos referirmos somente a «este sábado», não colocamos o artigo.

Les moments de la journée

As partes do dia são: **le matin (de minuit à midi)**, **le midi**, **l'après-midi (de 12 h à 18 h)** e **le soir (de 18 h à minuit)**.

Le train arrive à 15 h **de l'après-midi**.	*O trem chega às três da tarde.*
Je dîne à 10 h **du soir**.	*Eu janto às dez da noite.*

6 Observe a agenda de Claire e complete as frases.

tous les jours · souvent · trois fois par semaine · le jeudi · le mardi soir · matin · soir

	Lundi	Mardi	Mercredi	Jeudi	Vendredi	Samedi	Dimanche
8-9 h	piscine		piscine		piscine		bureau
9-18 h	bureau	bureau	bureau	bureau	bureau	bureau	famille
19-20 h	réunion			club Écologie			gym
20-21 h		dîner avec Paul		dîner avec Guy	gym	gym	

1. Claire va à la piscine ⬚.
2. Le dimanche, elle commence à travailler à 8 h du ⬚.
3. Elle fait ⬚ du sport.
4. Claire travaille au bureau ⬚.
5. Paul et Claire dînent ensemble ⬚.
6. ⬚, de 19 h à 20 h, elle participe au club Écologie.
7. Le lundi ⬚, elle finit à 20 h après la réunion.

Devoir

Claire diz **Nous devons penser au recyclage pour protéger l'environnement.**
A construção **devoir** + infinitivo indica que uma ação é necessária ou obrigatória. Equivale a «ter de» + infinitivo. No presente, **devoir** tem três bases fonéticas: **doi-**, **dev-** e **doiv-**.

Singulier		Pluriel	
je	**doi**s	nous	**dev**ons
tu	**doi**s	vous	**dev**ez
il / elle / on	**doi**t	ils / elles	**doiv**ent

7 Complete as frases com **devoir** no presente.

1. Pour être en forme, tu ▬▬▬▬▬ faire du sport.
2. Vous avez de la fièvre, vous ▬▬▬▬▬ téléphoner au médecin.
3. Elles travaillent trop, elles ▬▬▬▬▬ prendre des vacances.
4. Je suis en retard pour le dîner, je ▬▬▬▬▬ prévenir mes amis.
5. Nous n'avons plus d'argent, nous ▬▬▬▬▬ économiser.
6. Il est stressé, il ▬▬▬▬▬ se détendre.

Il faut / Il est important/nécessaire de + infinitif

As construções impessoais **Il faut** («É preciso»), **Il est necéssaire de** («É necessário») e **Il est important de** («É importante») são utilizadas somente na terceira pessoa do singular.

Il faut manger pour vivre. *É necessário comer para viver.*
Pour être en bonne santé, *Para ter uma boa saúde,*
il est important de faire du sport. *é importante praticar esportes.*

8 Escute novamente e complete estes conselhos ecológicos.

1. Il ▬▬▬▬▬ trier vos déchets.
2. Il ▬▬▬▬▬ séparer le plastique, le papier, le verre et le métal.
3. Nous ▬▬▬▬▬ toujours penser au recyclage.
4. Il ▬▬▬▬▬ éviter les erreurs de tri.
5. Il ▬▬▬▬▬ séparer les différents déchets dans différentes poubelles.

La boîte à mots

à propos de	a propósito de, falando nisso
en amont	desde o início, desde o começo
Il faut...	Tem que... / é necessário...
Mieux vaut tard que jamais.	Antes tarde do que nunca.

Glossaire

cher/chère	querido/a	être pressé/e/s/es	estar com pressa
collecte	coleta	jamais	nunca, jamais
conseil	conselho	matière	matéria
consommateur/trice	consumidor/a	ménage *m.*	limpeza
erreur *f.*	erro	ménager/ère	doméstico/a

ordure	lixo	toujours	sempre
papier	papel	tri *m.*	triagem, classificação
poubelle	(lata de) lixo		
précieux/euse	valioso/a	trier	separar, classificar
quelquefois	alguma vez	trop	demais
remercier	agradecer	verre	vidro
rendez-vous	encontro	vrai/e	verdadeiro/a

Transcription

Claire : Et maintenant Stéphane, c'est notre rendez-vous écologie !

Stéphane : Très bien Claire, je suis impatient de connaître le sujet du jour.

C : Alors aujourd'hui, nous retrouvons Jérôme, notre expert, pour parler de recyclage. À ce propos, je suis sûre que vous faites le ménage à la maison, mais est-ce que vous triez les déchets Stéphane ?

S : Quelquefois oui. C'est trop de travail pour moi.

C : Eh bien chers auditeurs, il est nécessaire de trier vos déchets. Et même si vous êtes souvent pressés, il faut penser à séparer le plastique, le papier, le verre et le métal. Et c'est très simple en plus !

S : En fait, je trie toujours le papier mais je ne trie jamais le plastique.

C : Mais c'est une erreur ! Nous devons toujours penser au recyclage pour protéger l'environnement. Les matières triées sont recyclées puis transformées en matières premières.

S : Tu veux dire qu'on utilise les déchets pour fabriquer des produits de tous les jours ?

C : Exactement Stéphane, nous avons beaucoup de choses à apprendre alors nous retrouvons tout de suite notre expert. Il se trouve dans une usine de recyclage à La Courneuve en Île de France où il interroge le directeur. Écoutons-le !

Jérôme : Oui bonjour à tous et bonjour M. Durand !

M. Durand : Bonjour !

J : Vous êtes le directeur de l'usine de recyclage de La Courneuve. Alors dites-nous, comment vous travaillez ?

D : Nous réalisons la gestion du recyclage des déchets en Île de France.

J : Et quelles sont les étapes de cette gestion ?

D : Il y a trois étapes : la collecte des déchets, le tri et le recyclage.

J : Et quels conseils donnez-vous à nos consommateurs ?

D : Eh bien, il faut éviter les erreurs de tri en amont. Il est important de séparer les différents déchets dans différentes poubelles. C'est une vraie solution pour la protection de l'environnement.

J : Alors justement, que devient le déchet dans votre usine ?

D : L'usine de tri permet de revaloriser l'ordure ménagère. Le déchet plastique ou papier devient une matière première puis un produit de tous les jours.

J : Je vous remercie pour ces précieuses informations. Alors mieux vaut tard que jamais ! À vos poubelles, et à très bientôt !

PISTE 07 / CD 1 ▶▶ LA TECKTONIK

COMPRÉHENSION ORALE

1 Escute a faixa e indique a quem se refere cada frase.

	Claire	Stéphane	Pauline
1. fait une surprise à Stéphane			
2. est content d'accueillir Pauline			
3. est chorégraphe			
4. réalisent quelques pas de danse			
5. donne des instructions pour se détendre			
6. a envie d'aller danser			
7. veut épater la galerie			
8. doivent se lever pour suivre la chorégraphie			
9. annonce le programme qui suit			

2 No final da aula, Pauline dá algumas instruções para relaxar. Coloque-as em ordem.

- [1] Vous devez mettre une musique douce.
- [ ] Respirez profondément.
- [ ] Fermez les yeux.
- [ ] Il faut s'allonger.
- [ ] Détendez-vous.
- [ ] Écoutez tranquillement la musique.
- [ ] Décontractez la bouche.
- [ ] Massez les oreilles.

LEXIQUE

Le corps humain

3 Complete o desenho com as seguintes partes do corpo.

> un bras · la tête · un pied · le dos · un poignet · une jambe · une main

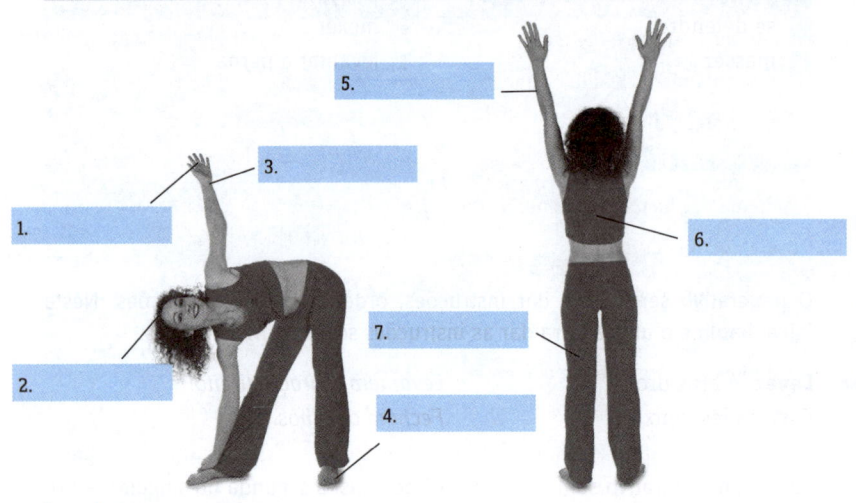

1.
2.
3.
4.
5.
6.
7.

Le visage

4 Agora, faça o mesmo com as partes do rosto.

> le nez · la bouche · l'oreille · l'œil (les yeux) · les cheveux

1.
2.
3.
4.
5.

Les mouvements

5 Relacione os verbos com seus equivalentes em português.

1	lever la jambe	a	cruzar os braços
2	se déhancher	b	massagear
3	bouger	c	relaxar
4	croiser les bras	d	mexer a cintura
5	se détendre	e	mexer
6	masser	f	levantar a perna

GRAMMAIRE

L'impératif

O imperativo serve para dar instruções, ordens ou recomendações. Nesta faixa, Pauline o utiliza para dar as instruções sobre os movimentos.

Levez le bras droit !   *Levantem o braço direito!*
Fermez les yeux.   *Fechem os olhos.*

Usamos o imperativo somente com três pessoas: a segunda do singular, a primeira do plural e a segunda do plural. Observe que não usamos os pronomes pessoais do caso reto. Para conjugar o imperativo, é imprescindível conhecer o presente do indicativo.

	Présent de l'indicatif	Impératif
Verbes du premier groupe (en -**er**) Ex. : **danser** («dançar»)	tu dans**es** nous dans**ons** vous dans**ez**	Dans**e** ! Dans**ons** ! Dans**ez** !
Autres verbes Ex. : **mettre** («pôr»)	tu me**ts** nous mett**ons** vous mett**ez**	Me**ts** ! Mett**ons** ! Mett**ez** !
Verbes pronominaux Ex. : **se déhancher** («mexer a cintura»)	tu te déhanch**es** nous nous déhanch**ons** vous vous déhanch**ez**	Déhanch**e-toi** ! Déhanch**ons-nous** ! Déhanch**ez-vous** !

O imperativo tem a mesma terminação do presente do indicativo, exceto para a segunda pessoa do singular dos verbos do primeiro grupo, como **danser**.

Essa regra não se aplica aos verbos **être** e **avoir**.

	Présent de l'indicatif	Impératif
être	tu es nous sommes vous êtes	**Sois!** **Soyons!** **Soyez!**
avoir	tu as nous avons vous avez	**Aie!** **Ayons!** **Ayez!**

Para a forma negativa, usamos a estrutura **ne** + imperativo + **pas**.

Ne danse **pas** !   *Não dance!*
Ne fumez **pas** !   *Não fumem!*

Com um verbo pronominal, colocamos o pronome antes do verbo.

Ne **vous déhanchez** pas !   *Não movam a cintura!*

6 Complete o quadro.

	Présent de l'indicatif	Impératif	Impératif (forme négative)
bouger	tu	.... !	.... !
	.... bougeons	Bougeons !	.... !
	....	.... !	...... bougez .... !
faire les exercices	.... les exercices	.... les exercices !	.... les... !
	.... faisons les exercices	.... les exercices !	.... les... !
	.... faites les exercices	.... les exercices !	.... les... !
se détendre	tu te détends	Détends-...... !	Ne te détends pas !
	....	............-...... !	...... nous .... !
	....	............-...... !	.... !

La boîte à mots

faire plaisir	agradar
faire la fête	ir para a balada
être en forme	estar em forma
épater la galerie	impressionar
Ça fait du bien.	Que bom! / É o que me fazia falta.
rien que pour nous	somente para nós, exclusivamente

Glossaire

accueillir	acolher, receber	mouvement	movimento
adorer	gostar, encantar	nez	nariz
au-dessous	debaixo de	nouveau/el/elle/eaux/elles	novo/a (antes de uma palavra m. sing. que começa com uma vogal ou h se usa nouvel)
au-dessus	em cima		
bouche	boca		
bras	braço		
changer	mudar		
chorégraphe	coreógrafo/a		
croiser	cruzar	nuit	noite
debout	de pé	ordre	ordem
décontracter	relaxar	pas	passo
derrière	atrás	pied	pé
détente	relaxamento	placer	colocar
dos m.	costas	plateau	estúdio
doux/douce	suave	poignet	punho
en vogue	na moda	profiter de	aproveitar, desfrutar
ensemble	juntos/as	profondément	profundamente
ensuite	em seguida	recommencer	começar de novo
épater	surpreender	s'allonger	alongar-se, deitar-se
fermer	fechar	se déhancher	mexer a cintura
fête	festa, balada	se lever	levantar-se
gauche	esquerdo/a	se tutoyer	tratar-se informalmente
geste	gesto		
inversement	ao contrário	sous	debaixo
légèrement	suavemente	star	estrela, artista
maintenant	agora	suivre	seguinte, vir em seguida
masser	massagear		
même	mesmo/a	surprise	surpresa
mettre	pôr	suspens	suspense, intriga
monter	levantar, subir	tête	cabeça
		tourner	girar

Transcription

Claire : Stéphane, j'ai maintenant une surprise pour vous !
Stéphane : Ah ! J'adore les surprises ! Je veux savoir ce que c'est !
C : Je sais que vous aimez danser alors pour bouger tous ensemble... aha... suspens ! Notre invitée est une chorégraphe très en vogue en ce moment. Alors rien que pour vous Stéphane et pour nos auditeurs, je vous présente, en direct de notre plateau, Pauline Ber !
S : Ça c'est une vraie surprise ! Merci Claire ! Ça me fait très plaisir de vous accueillir ici avec nous Pauline.
Pauline : Merci de m'avoir invitée.
C : Eh oui. Vous êtes aujourd'hui la chorégraphe fétiche de nos nouvelles stars et vous êtes ici rien que pour nous. Vous êtes en forme Stéphane ? Parce que Pauline va nous apprendre en direct quelques pas de danse pour épater nos amis. Vous êtes prêts ? Pauline, nous sommes à vos ordres.
P : Nous allons réaliser ensemble des mouvements de Tecktonik. C'est une danse très atypique pratiquée depuis les années 2000. Alors debout tout le monde, on y va !
S : Il faut qu'on se lève ?
P : Oui, allez! Pour commencer, levez le bras droit puis levez le bras gauche et alternez. Puis bras droit. Déhanchez-vous en même temps. Voilà ! Maintenant croisez les bras. Passez le bras droit au-dessus du bras gauche et inversement. Recommencez. Un : levez le bras droit puis le bras gauche. Déhanchez-vous. Deux : croisez les bras et hop ! Passez le bras droit sous le bras gauche. Mettez maintenant les deux poignets l'un au-dessus de l'autre et tournez, allez à droite, à gauche et hop ! Montez les bras et tournez les poignets. Ensuite, placez les bras au dessus de la tête, levez la tête. Voilà ! Maintenant mettez un bras derrière le dos et tournez l'autre bras. Changez de bras. Faites les mêmes gestes et bougez un pied à droite, un pied à gauche. Levez la jambe gauche, reposez-la et hop ! Déhanchez-vous ! C'est bien Stéphane !
S : Ah, j'ai envie d'aller danser toute la nuit !
P : Après ces quelques pas, nous terminons par une séquence détente. Vous devez mettre une musique douce chez vous et il faut bien sûr s'allonger. Fermez les yeux, détendez-vous, décontractez la bouche, le nez, massez légèrement vos oreilles, respirez profondément et écoutez tranquillement la musique. Je vous laisse profiter de ce moment et à bientôt.
S : Merci pour la surprise ! Oh Claire, ça fait du bien ! Je vais pouvoir danser et épater la galerie !
C : Chers auditeurs, vous êtes prêts à faire la fête sur le rythme de la tecktonik. Et comme vous êtes en forme Stéphane...
S : Ah Claire, nous avons dansé ensemble alors on peut se tutoyer non ?
C : Tu as raison. Comme tu es en forme, dis-nous ce qui suit.
S : À vos ordres Madame !

PISTE 08 / CD 1 ▶▶ LES OFFRES D'EMPLOI

COMPRÉHENSION ORALE

1 Escute a faixa e indique a alternativa correta.

1. La société Pur recherche un responsable commercial dans le secteur :
   - ▪ médical   ▪ automobile   ▪ pharmaceutique

2. La société Pur recrute une personne qui :
   - ▪ a une expérience d'un an dans la vente et la négociation
   - ▪ n'est pas disposée à voyager
   - ▪ sait gérer une équipe

3. Pour répondre à l'offre numéro deux, vous devez :
   - ▪ envoyer un CV
   - ▪ téléphoner au club Bouge
   - ▪ passer un diplôme

4. L'entraîneur personnel doit :
   - ▪ être titulaire du BE spécialité yoga
   - ▪ travailler seulement les week-ends
   - ▪ maîtriser l'anglais

5. Les laboratoires d'analyses biologiques recherchent :
   - ▪ un infirmier ou une infirmière
   - ▪ un infirmier
   - ▪ une infirmière

6. Les laboratoires d'analyses biologiques proposent un CDI :
   - ▪ à temps partiel après-midi
   - ▪ à temps partiel soir
   - ▪ à temps partiel matin

PISTE 08 / CD 1

2 Escute novamente a faixa e escreva as qualidades solicitadas em cada oferta de trabalho.

Offre 1	Offre 2	Offre 3

LEXIQUE

Le curriculum vitae

3 Aqui você tem um exemplo de CV. Complete-o.

> langues et informatique · date de naissance · âge · formation
> expérience professionnelle · état civil · courriel · chez

PRÉNOM + NOM DU CANDIDAT

Adresse personnelle : 15 avenue Parmentier 75 011 PARIS

27 ans   17 / 09 /1979

célibataire   **Nationalité :** français

Tél : 1 674 556 71

guyp@yahoo.fr

2008 : Diplômé de l'école de commerce de Lyon, spécialité vente et négociation
2002 : Baccalauréat S mention assez bien.

Depuis octobre 2008 : Attaché commercial chez PORTAL
De janvier à juillet 2008 : Assistant commercial en stage chez PORTAL
De juin à août 2007 : Stage de vente   Gorza-

Espagnol : courant / Anglais : niveau avancé / Français : langue maternelle
Informatique : Word, Power Point, Excel, Outlook, Photoshop.

CENTRES D'INTÉRÊT
Sport, voyage / Membre de l'association « L'Automobile du futur »

4 Procure na faixa os equivalentes das palavras e expressões abaixo.

um trabalho .... parte de um período ....
oferta de trabalho .... o prazo ....
contratar .... enviar ....
setor .... em domicílio ....

GRAMMAIRE

Savoir et connaître

SAVOIR			
je	sais	nous	savons
tu	sais	vous	savez
il / elle / on	sait	ils / elles	savent

CONNAÎTRE			
je	connais	nous	connaissons
tu	connais	vous	connaissez
il / elle / on	connaît	ils / elles	connaissent

Como em português, **savoir** normalmente vem seguido de um verbo no infinitivo e **connaître**, de um substantivo.

Vous **savez** gérer une équipe. *Você sabe gerir uma equipe.*
Vous **connaissez** Paris ? *Você conhece Paris?*

5 Complete este diálogo com **savoir** ou **connaître**.

- Vous .... son numéro de téléphone ?
- Non, je ne le .... pas mais je .... où il travaille.
- Je dois aller le voir tout de suite. C'est urgent ! Vous .... conduire ?
- Oui, en plus je .... la route comme ma poche ! On y sera en dix minutes.
- Très bien ! Vous êtes sûr qu'il travaille aujourd'hui ?
- Je vais le demander à ses voisins. Ils .... bien son emploi du temps.

Le genre des adjectifs

Em geral acrescentamos um **-e** para formar o feminino de um adjetivo.

Mon frère est réservé.
Ma sœur est réservé**e**.
Jean-Paul est très malpoli.
Juliette est un peu malpoli**e**.

Meu irmão é tímido.
Minha irmã é tímida.
Jean-Paul é muito mal-educado.
Juliette é um pouco mal-educada.

Há, no entanto, outras terminações:

Masculin	Féminin	Exemples
-ien, -on	-ienne, -onne	brésil**ien** ▶ brésil**ienne**, b**on** ▶ b**onne**
-er	-ère	ch**er** ▶ ch**ère**, étrang**er** ▶ étrang**ère**
-eur, -eux	-euse	travaill**eur** ▶ travaill**euse**, séri**eux** ▶ séri**euse**
-f	-ve	neu**f** ▶ neu**ve**, acti**f** ▶ acti**ve**

Alguns adjetivos são invariáveis: **Il/Elle est aimable**. Alguns adjetivos irregulares são **beau** ▶ **belle**, **gros** ▶ **grosse**, **gentil** ▶ **gentille**, **vieux** ▶ **vieille** etc.

6 Escreva o adjetivo que você acha que melhor define cada um dos animais abaixo.

> curieux/euse • intelligent/e • sympathique • fidèle • docile • sensible • patient/e
> indépendant/e • agressif/ive • beau/belle • affectueux/euse

1. Le cheval est
2. Le chat est
3. Le chien est
4. Le dauphin est
5. La fourmi est
6. Le perroquet est
7. Le renard est
8. L'abeille est

Assim como em português, no francês existem expressões com animais. Relacione cada uma com sua tradução literal em português.

1. têtu comme une mule
2. bavard comme une pie
3. rusé comme un renard
4. paresseux comme un lézard

a. esperto como uma raposa
b. teimoso como uma mula
c. tagarela como uma maritaca
d. preguiçoso como um lagarto

La boîte à mots

À vos stylos ! — Anotem!
Si vous avez l'esprit d'équipe... — Se tiver espírito de equipe...
dans les meilleurs délais — assim que for possível
un sur deux — um dos dois

Nesta faixa aparecem muitos acrônimos:

L'**ANPE** (Agence nationale pour l'emploi) corresponde a um serviço público de busca de emprego.
Un **BE** (brevet d'état) equivale aproximadamente ao nosso Ensino Médio.
Un **CV** é *curriculum vitae*.
Un **CDI** (contrat à durée indéterminée) é um contrato indefinido.
Um contrato por tempo determinado é um **CDD** (contrat à durée déterminée).

Glossaire

à domicile	em domicílio	gérer	gerenciar, administrar
adresse	endereço	infirmier/ière	enfermeiro/a
attentif/ive	atencioso/a	lettre de motivation	carta de apresentação
besoin	necessidade		
dans	dentro, em	main	mão
délais	prazo	maison de retraite	asilo
demander	pedir por	maîtriser	dominar
déplacement	deslocamento	matin *m.*	manhã
disponibilité	disponibilidade	offre	oferta
disposer	dispor	poste	posto
dynamique	dinâmico/a	prélèvement	coleta
effectuer	efetuar, realizar, levar a cabo	profil	perfil
		recherche	busca
emploi	trabalho, posto de trabalho	rechercher	buscar
		recruter	contratar
énergie	energia	rubrique	seção
entraîner	treinar	s'adresser	dirigir-se
entraîneur	treinador	salle de gym	academia
esprit	espírito	santé	saúde
être diplômé	ter uma titulação ou um diploma	secteur	setor
		société	companhia
ferme	firme	stylo *m.*	caneta
fournir	proporcionar	vente	venda

Transcription

Si vous êtes à la recherche d'un emploi, c'est le moment d'écouter notre rubrique emploi avec les offres de l'ANPE. N'oubliez pas de prendre note des adresses et numéros de téléphone. Alors, à vos stylos !

Offre numéro 1, référence G427

La société PUR recherche un ou une responsable commercial dans le secteur automobile.

Si vous avez une expérience de deux à quatre ans dans la vente et la négociation, si vous savez gérer une équipe, si vous êtes dynamique, organisé et indépendant, si vous êtes disposé à voyager... ce poste est pour vous. Adressez votre lettre de motivation manuscrite, un CV et une photo à l'attention de Mme Guérin, Société PUR, 19 Rue de la main ferme, 93140 BONDY ou par email au pur@emploi.fr

Offre numéro 2, référence H576

Le club de gym Bouge ouvre une nouvelle salle de gym et recrute un entraîneur personnel.

Vous devez être titulaire du BE spécialité gymnastique, vous connaissez les techniques de yoga et de relaxation, vous maîtrisez l'anglais et vous êtes disponible les week-ends, vous êtes ouvert, attentif aux besoins du client et vous avez de l'énergie. Votre mission sera d'entraîner une personne en suivant un programme annuel dans le centre et à domicile.

Toute personne intéressée doit téléphoner au club Bouge au 04 35 35 72 11 et demander Patrick.

Offre numéro 3, référence 1999

Les laboratoires d'analyses biologiques recherchent un infirmier ou une infirmière pour effectuer des prélèvements à domicile et en maison de retraite.

Vous êtes diplômé depuis au moins deux ans, vous avez l'esprit d'équipe et vous êtes dynamique, vous êtes patient et communicatif.

Nous offrons un CDI pour un temps partiel matin du lundi au vendredi et un samedi matin sur deux. Un véhicule est fourni par le laboratoire pour tous les déplacements. Si votre profil correspond, adressez dans les meilleurs délais votre CV, une lettre de motivation et vos disponibilités à Laboratoires Santé au 134 avenue de la Tombe Issoire 75014 Paris.

PISTE 09 / CD 1 ▶▶ JE SUIS NEZ

COMPRÉHENSION ORALE

1 Escute e marque a alternativa correta.

1. La famille de Christine est dans le parfum depuis plusieurs générations.
   ☐ Vrai ☐ Faux

2. L'école ISIPCA se trouve à ...
   ☐ Grasse ☐ Versailles ☐ Lyon

3. Christine travaille pour ...
   ☐ un parfumeur ☐ un chasseur ☐ une senteur

4. Le deuxième invité doit éviter les accidents et les retards sur les lignes TGV.
   ☐ Vrai ☐ Faux

5. Il est interdit de tuer les animaux.
   ☐ Vrai ☐ Faux

6. Ce deuxième métier est parfois dangereux.
   ☐ Vrai ☐ Faux

7. Il fait quinze à vingt kilomètres à pied ...
   ☐ tous les jours ☐ tous les quinze jours ☐ une fois par mois

8. Le troisième invité est devenu guide de la baie en ...
   ☐ 1997 ☐ 2007 ☐ 2005

9. David se lève vers huit heures et la première chose qu'il fait c'est ...
   ☐ écouter la méteo ☐ écouter le chant des oiseaux

10. David ne parle pas anglais.
    ☐ Vrai ☐ Faux

11. Pourquoi David écoute la météo ?
    ☐ Parce qu'il aime ça ☐ Pour bien organiser sa journée ☐ Parce qu'il marche beaucoup

2 Escute novamente a faixa e complete o quadro.

	Christine	Un homme	David
Profession			
Pour faire ce métier, il faut ...	mémoriser	connaître .... savoir	connaître ....

3 Escute o que David diz e ordene as atividades que ele realiza.

- ☐ Je prends un café.
- ☐ Je pars à l'office du tourisme.
- ☐ Je m'habille.
- ☒ 1 Je me lève.
- ☐ J'écoute la météo.
- ☐ Je déjeune.
- ☐ Je me douche.
- ☐ Je retrouve mon premier groupe.

LEXIQUE

Les professions

4 Neste quadro você vai encontrar as diferentes terminações dos nomes de profissões. Complete-o com as palavras que faltam.

Masculin	Féminin
-er un boulanger un charcutier	**-ère** une boulangère
-eur un coiffeur	**-euse** une serveuse
-teur un instituteur un éditeur	**-trice** une actrice
-ien un technicien	**-ienne** une musicienne

66 PISTE 09 / CD 1

Alguns nomes de profissões são invariáveis: **Il/Elle est professeur**, **Il/Elle est ingénieur**, **Il/Elle est médecin** etc.

5 Relacione cada frase com uma das profissões. Observe bem o gênero.

> journaliste · traducteur · infirmière · coiffeur · informaticienne · écrivain

1. Elle travaille sur les ordinateurs.
2. Il traduit des textes en anglais.
3. Il écrit des articles pour un journal.
4. Il écrit des romans.
5. Elle s'occupe des malades.
6. Il coupe les cheveux de ses clients.

6 Aqui você tem uma série de conceitos e expressões comuns no âmbito da educação e da formação. Relacione-os com seus equivalentes em português.

1	faire des études	a	reprovar em um exame
2	réussir un examen	b	concursos, prova de ingresso
3	rater un examen	c	fazer cursos
4	obtenir un diplôme	d	bolsista, estagiário
5	avoir de l'expérience	e	fazer uma entrevista
6	étudier	f	uma bolsa
7	faire un stage	g	estagiar
8	stagiaire	h	obter um diploma
9	une bourse d'études	i	estudar
10	un concours	j	um posto de trabalho
11	passer un entretien	k	o desemprego
12	un poste de travail	l	aprovar em um exame
13	le chômage	m	ter experiência

PISTE 09 / CD 1

GRAMMAIRE

Le passé composé

Usamos este tempo verbal para expressar fatos ou ações passadas já concluídas. É construído com o auxilar **être** ou **avoir** no presente + o particípio do verbo. Corresponde tanto ao pretérito perfeito simples («fui») quanto ao composto («tenho ido»).

Todos os verbos pronominais são conjugados com **être**.

Singulier		Pluriel	
je	**me suis** levé(e)	nous	**nous sommes** levé(e)s
tu	**t'es** levé(e)	vous	**vous êtes** levé(e)s
il / elle / on	**s'est** levé(e)	ils / elles	**se sont** levé(e)s

On é conjugado no singular quando representa um pronome indefinido. Porém, quando usado no sentido de «nous», o particípio concorda com o sujeito no plural, **on s'est levé(e)s**.

Também são conjugados com **être** os seguintes verbos:

Verbes	Exemples
naître / mourir	**Elle est née** le 10 mars 1976. **Il est mort** l'année dernière.
passer	**Il est passé** nous voir en janvier.
aller / venir	**Elle est allée** au marché pour faire les courses. **Il est venu** mercredi dernier.
partir / arriver	**Il est parti** en avance mais **il est arrivé** le dernier.
entrer / sortir	**Il est entré** dans le magasin et **il est sorti** avec plein de cadeaux.
monter / descendre / tomber	**Elle est montée** au troisième étage. **Il est descendu** à la station Denfert. Ce matin, **elle est tombée** dans les escaliers.
retourner	**Elle est retournée** à Paris.
rester	**Il est resté** à la fête jusqu'à la fin.

Diferentemente dos verbos que formam o **passé composé** com **avoir**, o particípio dos verbos que são conjugados com **être** concorda com o sujeito.

Il est all**é** au marché. ▸ **Elle** est all**ée** au marché.
Ils sont all**és** au marché. ▸ **Elles** sont all**ées** au marché.

Os verbos **monter**, **descendre**, **sortir**, **rentrer**, **passer** e **retourner** são conjugados com o auxiliar **avoir** quando seguidos de um complemento direto.

Elle **est sortie**.   MAS   Elle **a sorti** *la poubelle.*
Elle **est montée**.   MAS   Elle **a monté** *les valises.*
Ils **sont sortis**.   MAS   Ils **ont sorti** *les cadeaux.*

Os demais verbos formam esse tempo verbal com **avoir**. Neste caso, o particípio não concorda com o sujeito.

Ils ont commencé à la SNCF, il y a vingt-et-un ans.

Les participes passés

As terminações mais frequentes do particípio são:

-é	-i	-is	-it	-u
Les verbes du premier groupe (-**er**): parler ▸ parl**é** manger ▸ mang**é**	finir ▸ fin**i** dormir ▸ dorm**i** partir ▸ part**i** sourire ▸ sour**i** rire ▸ r**i**	prendre ▸ pr**is** mettre ▸ m**is** s'asseoir ▸ ass**is** conquérir ▸ conqu**is**	dire ▸ d**it** écrire ▸ écr**it** conduire ▸ condu**it**	boire ▸ b**u** lire ▸ l**u** voir ▸ v**u** devoir ▸ d**û** pouvoir ▸ p**u**

Os particípios irregulares mais comuns são:

être ▸ été   ouvrir ▸ ouvert   faire ▸ fait   craindre ▸ craint
avoir ▸ eu   peindre ▸ peint   offrir ▸ offert

❼ Conjugue os verbos das frases abaixo no **passé composé**.

1. Elle (**écouter**) _____ les chansons de Brassens toute la soirée.
2. Ils (**partir**) _____ à dix heures ce matin et ils (**prendre**) _____ l'avion à treize heures.

3. Marie (sortir) _____ avec des amis et ils (dîner) _____ au restaurant.
4. La semaine dernière, nous (se promener) _____ dans la forêt.
5. Elles (acheter) _____ plein de cadeaux et elles (monter) _____ les paquets.
6. Julien (aller) _____ à la gare en voiture.
7. Elle (se coiffer) _____ et elle (partir) _____ très vite.

8 Complete o quadro fazendo a concordância dos particípios, se necessário.

Masculin	Féminin	Pluriel
	elle a appris	ils/elles
il a réussi		ils/elles
il est allé		ils elles
il est parti		ils elles
		ils sont arrivés elles

Les horaires

Quelle heure est-il ?

Il **est** dix **heures**.

Il est quatre heures **quinze**. / Il est quatre heures **et quart**.

Il est sept heures **et demi**.

Il est dix heures **moins le quart**.

Parler des goûts, des préférences et des souhaits

O caçador diz **J'adore** mon métier. O verbo **adorer** («adorar») expressa um gosto máximo. Observe o quadro:

++	+	-	- -
adorer	aimer	ne pas aimer	détester

Esses verbos podem estar acompanhados de um substantivo ou de um infinitivo. Atenção! Entre esses verbos e o infinitivo NÃO vai a preposição **de** (**J'aime d'aller au cinéma**).

J'aime le théâtre japonais. ▸ Je n'aime pas le théâtre japonais.
Ils aiment faire la fête. ▸ Ils n'aiment pas faire la fête.

Para intensificar, podemos usar os advérbios **beaucoup** («muito»), **bien** («bastante») ou **pas du tout** («nada»).

J'aime **beaucoup** l'art. *Eu gosto muito de arte.*
J'aime **bien** la tecktonik. *Eu gosto bastante de tecktonik.*
Je **n'**aime **pas du tout** le football. *Não gosto nada de futebol.*

Para expressar uma preferência, utilizamos o verbo **préférer** («preferir»).

• Tu aimes la musique classique ?
• Oui, mais je **préfère** le rock.

Para expressar desejo ou vontade de fazer algo, utilizamos a construção **avoir envie de** + nome ou infinitivo.

J'ai envie de repos. *Tenho vontade de descansar.*
J'ai envie de partir en vacances. *Tenho vontade de sair de férias.*

Com **aimer** («gostar») ou **souhaiter** («desejar») no condicional + infinitivo, expressamos um desejo difícil de se realizar.

J'**aimerais** gagner au loto. *Eu gostaria de ganhar na loto.*
Il **souhaiterait** faire le tour du monde. *Ele gostaria de dar a volta ao mundo.*

9 Complete o diálogo com os verbos anteriores.

- J'aime bien les films de François Truffaut, et toi ?
- Oui mais je .... les films de Chabrol. J'............... son cynisme.
- Est-ce que tu aimes bien le cinéma américain ?
- Pas tellement, je n'............... du tout les films d'action. Mais j'ai un rêve. Je/J'............... rencontrer Woody Allen. Il est très drôle. Et toi ? Quel rêve est-ce que tu aimerais réaliser ?
- J'............... de partir vivre en Australie. Je/J'............... étudier à l'université de Sidney.

La boîte à mots

à la base	no início
apprendre sur le tas	aprender com a prática
comme son nom l'indique	como o próprio nome indica
des milliers de...	milhares de...
être à l'aise	estar à vontade
On ne manquera pas de vous appeler.	não nos esqueceremos de ligar para você

Nesta faixa aparecem alguns acrônimos:
BAFA, sigla de Brevet d'Apitude aux Fonctions d'Animateur, diploma de monitor
DEUG, sigla de Diplôme d'Études Universitaires Générales
DUT, Diplôme Universitaire de Technologie
SNCF, sigla de Société Nationale des Chemins de Fer (equivalente à antiga RFFSA, companhia ferroviária)
TGV, sigla de Train de Grande Vitesse (equivalente ao trem-bala)

Glossaire

à l'heure actuelle	atualmente	canoë	canoa
abattre	matar	carrière	carreira
apprécier	gostar	chasser	caçar
apprentissage	aprendizagem	chasseur	caçador
baskets	tênis	cheminot	ferroviário
beau/belle	bonito/a	chevreuil	corço
bonheur	felicidade	choisir	escolher
botte	bota	clôture	cerca, alambrado
boue	lama	collègue	colega, companheiro de profissão
braconner	praticar a caça ilegal	connaître	conhecer

couleur	cor	odeur	cheiro
dangereux/euse	perigoso/a	odorat	olfato
dedans	dentro	œil/yeux	olho/s
déjeuner	almoçar	parcours	percurso
deuxième	segundo/a	parfois	às vezes
école	escola	parfum	perfume
empêcher	impedir	parfumeur	perfumista
emploi du temps	horário	partie	parte
enclos	cercado	pas du tout	de jeito nenhum
entourer	cercar, rodear	plaisir	prazer
environ	ao redor de, aproximadamente	petit/e	pequeno/a
		pire	pior
environs	nos arredores	porter	levar
être à l'aise	ficar à vontade	préciser	mencionar
être d'accord	estar de acordo	quand même	ainda assim
fin	fino	randonnée	trilha
fleuve f.	rio	reconnaissance	reconhecimento
gare	estação de trem	renard	raposa
gibier	caça	retard	atraso
gros/se	gordo/a	réussir	alcançar, conseguir
guide	guia	saison	estação
heure	hora	sanglier	javali
hors	fora	s'habiller	vestir-se
incroyable	incrível	se doucher	tomar banho
inné/e	inato/a	se lever	levantar-se
journée	jornada, rotina	surveiller	vigiar
lapin	coelho	survêtement	moletom
ligne	linha (ferroviária)	tellement	tanto
malheureusement	infelizmente	tomber	cair
marcher	andar	tour	volta
marée	maré	traversée	travessia
mauvais	mal	tuer	matar
mélange	mistura	vêtement	roupa
météo	previsão meteorológica	ville	cidade
métier	ofício, profissão	vite	depressa, logo
midi	meio-dia (12 h)	voie	via
millier	milhar	vouloir	querer

Transcription

Stéphane : Et nous retrouvons maintenant trois professionnels qui ont choisi, vous allez le voir, des métiers assez hors du commun.

Claire : Oui, des métiers originaux et peu connus du grand public.
S : Et nous commençons cette découverte par Christine Dublair. Bonjour

Christine et bienvenue !
Christine : Bonjour, merci.
S : Alors Christine, quelle est votre profession si originale ?
Ch : Je suis nez.
C : Nez ? Mais, qu'est-ce que ça veut dire exactement ?
Ch : Eh bien, un nez c'est une personne qui, comme son nom l'indique, possède une sensibilité particulière pour les odeurs, qui a un odorat très développé et très fin.
S : Vous voulez dire que être nez c'est inné ? Je veux dire, ça ne s'apprend pas ?
Ch : Si, bien sûr, ça s'apprend mais je crois que mes collègues seraient d'accord avec moi pour dire qu'il faut quand même un odorat développé à la base, même si après, il y a beaucoup de pratique, d'entraînement à la reconnaissance des odeurs, tout ça.
C : Et dites-nous Christine, vous parlez d'entraînement, est-ce qu'il existe des formations spéciales pour devenir nez ?
Ch : Oui, bien sûr ! Moi, personnellement, j'ai appris sur le tas, comme apprentie. Je suis tombée dedans quand j'étais petite, un peu comme Obélix et la potion magique. Je suis de Grasse, ma famille est dans le parfum depuis plusieurs générations. C'est un peu spécial mais à l'heure actuelle, il y a des écoles spécialisées, comme l'ISIPCA, à Versailles, en région parisienne, et bien sûr, les parfumeurs ont leurs laboratoires et ils forment aussi de futurs nez.
C : Vous travaillez actuellement pour un parfumeur connu, je crois... En quoi consiste votre travail ?
Ch : Eh bien, après des années d'apprentissage, j'ai réussi à mémoriser des milliers d'odeurs...
S : Mémoriser des milliers d'odeurs ! Mais c'est incroyable !
Ch : Non, c'est crucial pour un nez, j'ai oublié de le préciser, mais c'est la plus grosse partie du métier sinon, comment voulez-vous créer des parfums ?
C : C'est ce que vous faites ? Vous créez des parfums ?
Ch : Oui, c'est ça. J'utilise ma mémoire olfactive pour créer des mélanges avec des odeurs naturelles et artificielles aussi.
S : C'est passionnant !
Ch : Oui, vraiment ! Et je crois que c'est un métier qui exige d'avoir une passion pour les odeurs et les senteurs. Voilà.
C : Merci beaucoup Christine pour ces explications !
Ch : Je vous en prie.
S : Je sais que tu voyages souvent en train Claire. Eh bien, nous allons maintenant écouter le parcours d'un chasseur SNCF. Eh oui, un métier peu connu mais très utile.
Chasseur : J'ai commencé à la SNCF, il y a vingt-et-un ans. J'ai une formation de cheminot. J'ai travaillé dans les gares de grandes villes, comme Lyon, Bordeaux et Toulouse. Ah les lignes TGV, ça me connaît ! Et puis en 2001, on a créé un nouveau poste, chasseur SNCF, pour éviter les accidents et les retards sur les lignes TGV Paris-Lyon. Bah, je me suis présenté et ça a marché. Pour faire ce métier, il faut bien connaître les animaux et savoir chasser. En fait, il y a beaucoup de gibier qui vivent dans l'enclos entourant la ligne TGV et beaucoup de chevreuils et de sangliers provoquaient des incidents et donc des retards des trains. Je dois faire sortir les animaux quand c'est possible sinon, malheureusement,

je les abats. Il y a aussi les lapins et les renards qui font des trous dans les clôtures. Alors ça c'est le pire. Je surveille les clôtures et surtout les chasseurs qui viennent braconner dans les environs. C'est dangereux hein ! Il faut empêcher les accès aux voies et donc éviter les accidents. J'adore mon métier parce que je suis dans la nature et je fais tous les jours quinze à vingt km à pied. Mais c'est vrai, je n'apprécie pas du tout de tuer les animaux mais c'est parfois une obligation.

C : Merci pour ce témoignage ! Passons maintenant à un métier plus ludique. Nous écoutons maintenant David, guide de la baie du Mont Saint-Michel. Il nous raconte son expérience et son emploi du temps.

David : J'ai beaucoup voyagé quand j'étais petit et très vite, j'ai eu une passion pour la baie du Mont Saint-Michel. D'abord j'ai une formation universitaire. J'ai obtenu un DEUG en histoire et après j'ai voulu me spécialiser. Alors j'ai suivi un DUT en carrières sociales et j'ai fait de nombreuses formations d'animateur. Je suis aussi titulaire d'un BAFA avec une spécialisation canoë. Ah, j'adore être sur l'eau. J'aime la mer aussi mais je suis un spécialiste des fleuves. Bon et puis j'ai rencontré un ami guide. Il m'a donné envie de faire ce métier. Alors j'ai décidé de suivre une formation pour être guide de la baie. Il faut bien connaître la zone alors j'ai effectué plusieurs traversées. J'ai aussi appris l'anglais, il y a beaucoup de touristes qui viennent nous voir. Et en 2007 je suis devenu guide de la baie.

C : Et quelle est la journée type d'un guide de la baie ?

D : En ce qui me concerne, je me lève vers huit heures et la première chose que je fais c'est écouter la météo. C'est très important ! Je me douche, ensuite je m'habille, je porte toujours des vêtements confortables. Un survêtement et des baskets surtout. Il faut être à l'aise parce qu'on marche beaucoup. Quand il pleut, on doit porter des bottes à cause de la boue. À neuf heures trente, je pars, je vais à l'office du tourisme. Je prends un petit café et à neuf heures quarante-cinq, je consulte le fichier pour savoir quel type de groupe je dois guider. Alors ça peut-être un groupe d'enfants, d'adolescents mais aussi des touristes, souvent des anglais. À dix heures je retrouve mon premier groupe et c'est parti. Une visite dure environ une heure et quart. À midi je retrouve mon deuxième groupe et comme ça jusqu'à quatorze heures. Après je déjeune et j'y retourne jusqu'à dix-sept heures. Il est important d'organiser sa journée en fonction de la météo et des marées. Le mauvais temps parfois nous empêche de travailler. Mais j'adore ce métier. Je redécouvre à chaque fois la baie, comme si c'était la première fois ! J'aime ce paysage et les couleurs changent tellement en fonction des saisons. C'est un bonheur pour les yeux ! On propose aussi des randonnées. Ça dure plus longtemps et il faut être un peu sportif. C'est intense !

C : Ah oui, ça doit être très beau! On ne manquera pas de vous appeler quand on fera un petit tour dans votre région. Merci David pour votre bonne humeur !

PISTE 10 / CD 1 ▶▶ LA PUB

COMPRÉHENSION ORALE

❶ Vrai ou faux ? Marque a alternativa correta.

	Vrai	Faux
1. Stéphane annonce la publicité.		
2. La publicité présente un voyage au Mont Saint-Michel.		
3. L'emballage des galettes est une boîte noire.		
4. Les galettes sont rondes.		
5. Elles sont preparées avec du beurre.		

LEXIQUE

❷ Complete o quadro com os adjetivos que faltam.

Masculin	Féminin	Masculin pluriel	Féminin pluriel
	jolie		
	colorée		
			rondes
			dorées
			croustillantes
bon			
salé			
délicieux			

Les repas de la journée

Le matin	On prend **le petit-déjeuner**.
À **midi** (12 h)	C'est **le déjeuner**.
L'après-midi	C'est **le goûter**.
Le soir	C'est **le dîner**.

3 Veja os quatro cafés da manhã abaixo. O que é cada coisa? Marque.

- un thé
- du pain grillé
- un café
- de la confiture
- des céréales
- une pomme
- un kiwi
- une orange
- un œuf
- un chocolat chaud
- un yaourt
- un croissant
- du lait
- du beurre

GRAMMAIRE

Le verbe vouloir

O verbo **vouloir** («querer») serve para expressar vontade ou intenção. Apresenta três bases fonéticas: **veu-**, **voul-** ou **veul-**.

Singulier		Pluriel	
je	**veu**x	nous	**voul**ons
tu	**veu**x	vous	**voul**ez
il / elle / on	**veu**t	ils / elles	**veul**ent

Elle **veut** acheter une voiture.
Nous **voulons** organiser une
fête pour son anniversaire.

Ela quer comprar um carro.
Queremos organizar uma festa
para seu aniversário.

Le conditionnel de politesse

Como em português, utilizamos o **conditionnel de politesse** para pedir algo de modo cortês, muitas vezes com os verbos **vouloir** («querer») ou **pouvoir** («poder»).

Singulier		Pluriel	
je	**voudrais / pourrais**	nous	**voudrions / pourrions**
tu	**voudrais / pourrais**	vous	**voudriez / pourriez**
il / elle / on	**voudrait / pourrait**	ils / elles	**voudraient / pourraient**

Je **voudrais** un renseignement
sur le prix du billet.
Tu **pourrais** ouvrir la fenêtre ?
Il fait très chaud.

Eu gostaria de ter informações sobre
o preço da passagem.
Você poderia abrir a janela?
Está fazendo muito calor.

4 Bruno, Lea e seus filhos vão tomar café em uma padaria. Complete o diálogo com estas palavras e com os verbos conjugados no condicional.

> tartines · jus · gâteau · croissant · confiture · petit-déjeuner

Serveur : Bonjour !
Léa, Bruno et les enfants : Bonjour !
G : Vous désirez prendre le _____ ?
L : Oui, nous _____ (vouloir) commander trois formules différentes.
G : Je vous écoute !
L : Je _____ (vouloir) un café et un _____, s'il vous plaît.
B : Et moi, je _____ (vouloir) deux _____ avec de la _____.
G : Et les enfants ?
B : Les enfants _____ (vouloir) une part de _____ au chocolat chacun avec deux _____ d'orange.
G : Je vous apporte ça très vite.
L : Merci !

5 Veja novamente os três tipos de orações interrogativas que vimos na faixa 2. Em seguida, escreva as três perguntas que aparecem nessa faixa e transforme-as nos outros dois tipos de interrogativas.

1. Vous voulez savourer le premier moment de la journée ?
2.
3.

PISTE 10 / CD 1

La boîte à mots

Na língua oral são usadas muitas reduções. Vejamos algumas das mais comuns:

un **appart**	▶	un appartement
un **ciné**	▶	un cinéma
une **expo**	▶	une exposition
une **télé**	▶	une télévision
un **p'tit-déj**	▶	un petit-déjeuner
une **pub**	▶	une publicité

Glossaire

à tout de suite !	até logo!	galette	biscoito
boîte	caixa	petit-déjeuner	café da manhã
bon/bonne	bom/boa	publicité, pub	publicidade
colorer	colorir	ronde	redonda
croustillant/e	crocante	savourer	saborear
dorer	dourar	sentir	cheirar
douceur	doçura	saler	salgar
gaieté	alegria	trésor	tesouro

Transcription

Et maintenant, surtout ne partez pas ! On se retrouve après la publicité ! À tout de suite !

Vous voulez savourer le premier moment de la journée avec plaisir ? Vous avez envie de douceur ? Vous avez besoin de couleur et de gaieté ? Alors vous ouvrez cette jolie boîte colorée comme un trésor et vous découvrez... Mmm enfin... les Galettes du Mont Saint-Michel ! Elles sont toutes rondes et dorées. Elles sont croustillantes et sentent bon le beurre salé. Enfin le petit-déjeuner devient un voyage délicieux avec les Galettes du Mont Saint-Michel !

À consommer sans modération !

PISTE 11 / CD 1 ▶▶   BON APPÉTIT !

COMPRÉHENSION ORALE

1 Escute e marque a opção correta.

1. L'invité s'appelle ...
   - Jean-Pierre Fock
   - Jean-Pierre Koffe
   - Jean-Paul Fock

2. L'invité est amateur de fast-food.
   - Vrai
   - Faux

3. L'invité va parler d'un menu typique de ...
   - Lyon
   - Marseille
   - Bordeaux

4. Le type de restaurant où on trouve ce menu s'appelle un ...
   - bouton
   - bouchon
   - bougon
   - bourdon

5. Les personnes qui ont créé ces restaurants étaient ...
   - des hommes
   - des femmes

6. Ces restaurants existent depuis ...
   - le 18e siècle
   - le 19e siècle
   - le 20e siècle

7. L'invité adore faire ses courses au supermarché.
   - Vrai
   - Faux

2 Escute e marque as quantidades necessárias de cada ingrediente para preparar **le velouté de potiron** (creme de abóbora).

- ___ kilo 200 grammes de potiron
- ___ cl de lait
- ___ grammes de beurre
- ___ grammes de sucre en poudre
- ___ tranches de pain de campagne

3 Escute e ordene os passos para preparar **le velouté de potiron**.

- ▪ laisser cuire environ 10 minutes à feu doux
- ▪ couper le potiron en cubes
- 1 éplucher le potiron
- ▪ remuer
- ▪ faire chauffer le beurre dans une casserole et y mettre le potiron
- ▪ enlever les graines et les fibres
- ▪ laisser cuire 25 minutes
- ▪ retirer le clou de girofle
- ▪ ajouter le lait, le sucre, une pincée de sel, le clou et la noix de muscade
- ▪ ajouter le reste du beurre et servir
- ▪ passer au mixeur

LEXIQUE

La nourriture

4 Relacione cada palavra em francês com sua tradução correspondente.

1	le bœuf	a	presunto	1	ajouter	a	cortar
2	le pâté	b	coelho	2	chauffer	b	tirar
3	le veau	c	boi	3	remuer	c	remover
4	la dinde	d	vitelo	4	couper	d	misturar
5	le poulet	e	frango	5	cuire	e	cozinhar
6	le lapin	f	pavão	6	retirer	f	pelar
7	l'agneau	g	cordeiro	7	enlever	g	esquentar
8	le jambon	h	salsichão	8	laisser	h	retirar
9	la saucisse	i	patê	9	éplucher	i	deixar
10	le saucisson	j	salsicha	10	mélanger	j	acrescentar

5 Relacione as fotografias com seu nome correspondente.

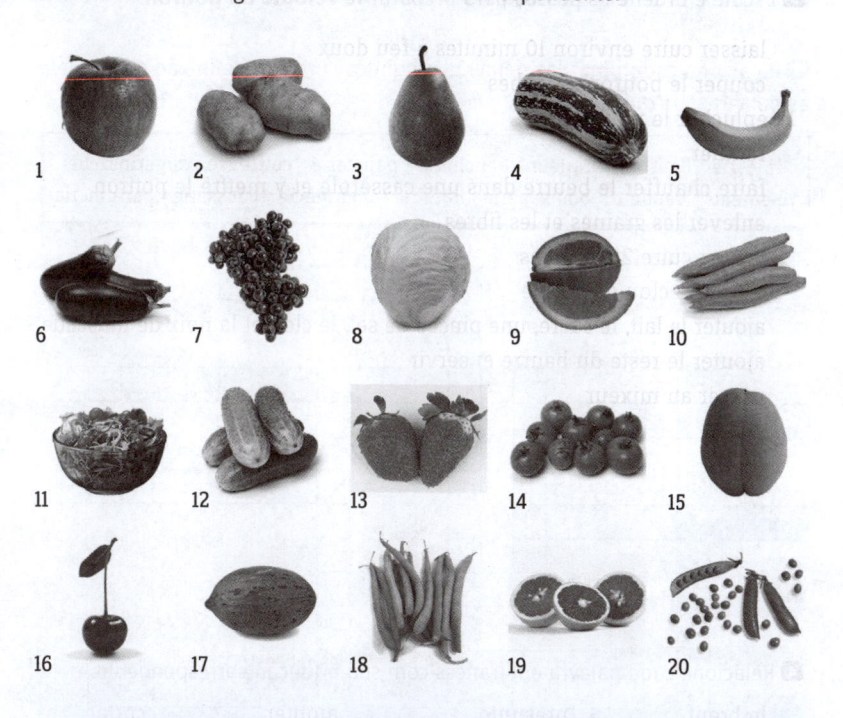

Les fruits	Les légumes
☐ une pomme	☐ des pommes de terre
☐ une banane	☐ des aubergines
☐ une poire	☐ une courgette
☐ du raisin (blanc ou noir)	☐ des tomates
☐ un pamplemousse	☐ un chou
☐ une orange	☐ des carottes
☐ des fraises	☐ des petits pois
☐ une cerise	☐ des haricots verts
☐ une pêche	☐ des concombres
☐ un melon	☐ une salade

Commerces et commerçants

6 Relacione cada uma das palavras seguintes com sua definição e complete as palavras cruzadas.

> épicerie · fleuriste · traiteur · boucherie · papeterie · coiffeuse · supermarché
> vêtements · vendeur · boulangerie · librairie · pharmacie · pâtisserie · parfumerie

Horizontal

1. On **y** achète de la viande.
4. « C'est bientôt la fête des mères. Je vais aller **à la** ... acheter un nouveau parfum pour Maman. »
5. C'est l'anniversaire de ta grand-mère : va lui acheter un bouquet de fleurs **chez le** ...
6. Paul a besoin d'un nouveau stylo, de papier à lettres et d'enveloppes, il doit aller **à la** ...
7. C'est le commerce **où** on trouve tous les livres qu'on cherche.
8. Si vous n'avez rien à manger dans le frigo et que vous n'avez pas envie de cuisiner, vous pouvez aller **chez le** ... et acheter des plats préparés.
9. « Il n'y a plus d'œufs pour faire la quiche, et il faut aussi racheter de l'eau. Va **à l'**... du coin. »
10. Je travaille dans un salon de coiffure ; je lave et coupe les cheveux de mes clients. Je suis ...
11. Si je veux acheter un pull, une jupe ou un pantalon, je dois aller **dans** un magasin de ...

84 PISTE 11 / CD 1

Vertical

1. On **y** achète différentes sortes de pain, et aussi des croissants, etc.
2. On **y** trouve de tout : des aliments, de la vaisselle, des livres ; alors, allez **au** ...
3. Si vous avez besoin d'un renseignement dans un magasin, demandez au ...
4. On **y** achète les petits gâteaux du dimanche et les gâteaux d'anniversaire.
6. On **y** achète toutes sortes de médicaments.

Au restaurant

7 Ordene cronologicamente as seguintes ações.

- regarder la carte
- laisser un pourboire
- prendre un dessert
- demander et payer l'addition
- quitter le restaurant
- aller au restaurant
- commander les plats
- réserver une table

8 Classifique os alimentos na coluna correta segundo a ordem dos pratos: entradas (**entrées**), pratos principais (**plats de résistance ou plats principaux**), sobremesas (**desserts**) ou bebidas (**boissons**).

> un bœuf bourguignon · un lapin à la moutarde · une soupe de poisson
> une crème caramel · une tarte au citron · un poulet à la crème
> une carafe d'eau · un jus de fruit · une glace à la fraise · une salade de crudités
> un pichet de vin · une omelette · un apéritif · un digestif

Boissons	Entrées	Plats de résistance	Desserts

Dans la cuisine

9 Procure estas palavras no dicionário e em seguida complete o texto.

> fourchette · verres · couteau · cuillère · nappe · bouteille · serviettes
> carafe · casserole · poêle · assiettes · tire-bouchon

Mettre la table :
D'abord, je choisis une jolie _____ en coton pour recouvrir la table et aussi les _____ assorties, pour s'essuyer la bouche et les mains. Ensuite, je mets les _____ , puis la _____ à gauche et le _____ à droite, avec une _____ à soupe si nécessaire, et je n'oublie pas les _____ à eau ou à vin, et une _____ d'eau minérale ou une _____ d'eau du robinet.

Ustensiles de base :
Pour faire bouillir de l'eau, pour faire des pâtes ou du riz par exemple, on utilise une _____ . Pour faire une omelette, on utilise une _____ . Pour déboucher une bouteille de vin, on a besoin d'un _____ .

Poids et mesures

Para falar de quantidades, são utilizadas expressões como:

un kilo(gramme) (de)	um quilo	une dizaine (de)	uma dezena
une livre (de)	meio quilo	une douzaine (de)	uma dúzia
une demi-livre (de)	um quarto de quilo	un peu plus (de)	um pouco mais
un litre (de)	um litro	un peu moins (de)	um pouco menos
un demi-litre (de)	meio litro	un morceau (de)	um pedaço (de)
la moitié (de)	a metade	une tranche	uma fatia

Algumas palavras específicas para se referir ao recipiente são:

un sac uma sacola	un paquet um pacote
un sachet um sachê	un pot um pote
un tube um tubo/bisnaga	une tablette um tablete
une bouteille uma garrafa	une canette uma lata

Le verbe payer

O verbo **payer** («pagar») só conserva o **y** do infinitivo para a primeira e a segunda pessoa do plural no presente.

Singulier		Pluriel	
je	paie	nous	payons
tu	paies	vous	payez
il / elle / on	paie	ils / elles	paient

GRAMMAIRE

Les articles partitifs

Quando fazemos uma lista de compras, normalmente pensamos em coisas que queremos comprar sem determinar a quantidade exata. Em português, nesse caso, não utilizamos nenhum artigo, mas em francês sim: o artigo partitivo.

	Masculin	Feminin
Singulier	**du** vin **de l'**ananas	**de la** confiture **de l'**eau
Pluriel	**des** fruits	**des** pâtes

- Qu'est-ce qu'il faut acheter au supermarché ?
- Voyons... **du** café, **de l'**huile, **de la** viande, **des** mouchoirs et **des** fruits.

10 Coloque estas palavras em sua coluna correspondente.

Produits d'entretien, d'hygiène : dentifrice, papier toilette, shampoing, gel douche, crème hydratante, détergent, lessive

Alimentation : viande, bœuf, poulet, jambon, pâtes, pâté, crème fraîche, fromage, yaourts, fruits, légumes, salade, surgelés, poisson, pain, eau, huile, vinaigre, moutarde, cornichons, olives

Autres : piles, fleurs

DU	DE L'	DE LA	DES

O artigo partitivo em frases negativas é **pas de** ou **pas d'** (+ vogal ou **h** mudo).

Il n'y a **pas de** lait, **pas de** fruits **ni de** légumes, **pas de** yaourts, **pas d'**eau et **pas d'**huile ! Il faut aller faire des courses au supermarché !

(Pas) trop (de), (pas) assez (de), plusieurs

Na faixa 2, vimos os usos de **beaucoup (de)** («muito/a/os/as»), **(un) peu (de)** («um pouco») y **quelques** («alguns/mas»). Outros quantificadores são **trop (de)** («demasiado/a/os/as»), **assez (de)** («bastante», «suficiente») y **plusieurs** («vários/as»). As formas negativas são **pas trop (de)** e **pas assez (de)**. Usa-se a preposição **de** ou **d'** (antes de vogal ou **h** mudo) quando se antecede um substantivo.

Ne mets **pas trop de** sucre !	*Não coloque muito açúcar!*
Les légumes ? Il n'aime **pas trop** ça.	*Verduras? Ele não gosta muito.*
Il n'y a pas **pas assez de** sucre dans le café. C'est amer !	*Falta açúcar no café. Está amargo!*
• Est-ce que tu as **assez de** farine ?	*Você tem farinha suficiente?*
• Oui, j'en ai **assez**.	*Sim (tenho suficiente).*

Assim como **quelques**, **plusieurs** deve ser seguido de plural. Os dois se distinguem por uma pequena diferença: **quelques** indica uma quantidade um pouco maior do que **plusieurs**.

Il a **quelques** amis qui aiment la musique classique.
Plusieurs d'entre eux vont à un concert ce soir.

11 Leia as definições das palavras cruzadas (exercício 6) e complete o quadro.

- Se o nome do negócio é masculino, emprega-se a preposição: ....
- Se o nome do negócio é feminino e começa por consoante, emprega-se a preposição: ....
- Se o nome do negócio começa por vogal ou **h** mudo, utilizamos a preposição: ....
- Se o nome do negócio é plural, emprega-se a preposição: **AUX**.
- Se utilizamos o substantivo do comerciante no lugar do negócio, falamos .... **le/la** + nome.

12 Complete as frases com a preposição correta.

1. Jean-Paul Fock recommande d'aller .... marché.
2. Il est allé acheter une plante de Noël .... le fleuriste.
3. Ludivine va .... le coiffeur, deux fois par an.
4. Myriam est végétarienne donc elle ne va jamais .... boucherie ou .... charcuterie.
5. Il ne reste plus de lait ; va .... épicerie, c'est le seul commerce encore ouvert à cette heure-ci.

Le pronom y

Jean-Paul diz **Vous faites chauffer le beurre dans une casserole... vous y mettez le potiron...** O pronome **y** substitui a referência ao lugar mencionado (neste caso, **dans une casserole**). Não há tradução exata em português. O mais próximo seria «aí».

13 Volte a ler as definições das palavras cruzadas (exercício 6) e escreva em cada casa as palavras que substituem o pronome **y**.

1. On **y** achète de la viande.
2. On **y** achète différentes sortes de pain.
3. On **y** trouve de tout.
4. On **y** achète les petits gâteaux.
5. On **y** achète des médicaments.

La boîte à mots

à leur compte	por sua conta
(en) avoir l'eau à la bouche	dar água na boca
Faites-moi plaisir !	Faça-me o favor!
Le tour est joué.	Está pronto! / Fácil assim!
la mal-bouffe	a comida ruim (*bouffe* significa «comida» em francês coloquial; *la mal-bouffe* se refere a toda comida industrial ou de pouca qualidade, como os fast-foods)

Glossaire

accompagner	acompanhar	cube	cubo, pedaço (de queijo...)
acheter	comprar	cuire	cozer, cozinhar
ajouter	acrescentar	cuisine	cozinha
arroser	regar, banhar	cuisinier/ière	cozinheiro/a
assaisonnement	tempero, condimento	culinaire	culinário/a
attacher	grudar, juntar	d'abord	em primeiro lugar
avoir l'air	parecer, ter aspecto	découper	cortar, fatiar
bannir	banir, proibir	délice	delícia
bourgeois/e	burguês/esa	demi	meio
chair	polpa	dessert	sobremesa
charcuterie	casa de frios	dîner	jantar
charcutier	charcuteiro	doux/douce	doce
chauffer	esquentar	eau	água
chez	na casa de	effort	esforço
citrouille	abóbora-moranga	en poudre	em pó
clou de girofle	cravo-da-índia	enlever	tirar
crique *f.*	*torta de batatas raladas com sal e pimenta que se cozinha com um pouco de manteiga*	entrée	entrada
		épicer	temperar, condimentar
		épicerie	mercearia
		feu	fogo

fondre	derreter	recette	receita
gâter	mimar, afagar	remuer	mexer, tirar
graine *f.*	grão	répéter	repetir
marchand/e	vendedor/a	retirer	retirar
marché	mercado	rivière *f.*	rio
mélange *m.*	mistura, mescla	siècle	século
noisette	avelã	sucre	açúcar
noix de muscade	noz moscada	supermarché	supermercado
		surveiller	observar, olhar
pain de campagne	fogaça	taquiner	provocar
		terroir	terra
pincée	pitada	tranche	fatia de pão
plat principal	prato principal	vacherin	*bolo de merengue com nata*
poisson	peixe		
potiron	abóbora	végétarien/enne	vegetariano/a
primeurs *pl.*	fruta ou verdura fresca	velouté *m.*	creme
produit	produto	vérifier	verificar, conferir
quartier	bairro	vin	vinho
quitter	deixar, abandonar	volaille	ave

Transcription

Claire : Et maintenant, c'est l'heure de notre rendez-vous gastronomique avec notre expert culinaire, Jean-Paul Fock ! Bonjour Jean-Paul, vous allez bien ?

Jean-Paul : Bonjour Claire. Oui, ça va, ça va...

Stéphane : Bonjour Jean-Paul. Toujours en guerre contre les fast-foods ?

J-P : Ne commencez pas Stéphane, s'il vous plaît ! Vous savez très bien ce que je pense de la « mal-bouffe » ! C'est de la...

S : Oui, pardon, on sait, on sait...

C : Excusez-le Jean-Paul, vous savez qu'il aime vous taquiner. Alors, quel délice avez-vous pour nous aujourd'hui ?

J-P : Un menu bouchon.

C : Pardon ?

J-P : Oui, enfin Claire, le bouchon lyonnais, vous connaissez, non ?

C : Euh... non...

J-P : Non ? Il faut sortir un peu, Claire ! Je vous résume : le bouchon est un type de restaurant né à Lyon, créé par des cuisinières, les « Mères lyonnaises », qui ont quitté les maisons bourgeoises où elles travaillaient pour s'installer à leur compte. Ces restaurants existent depuis le 19e siècle.

S : Et de quel type de cuisine s'agit-il ?

J-P : C'est un mélange de cuisine populaire et bourgeoise qui utilise tous les produits du terroir des régions des environs.

C : Comme quoi, par exemple ?

J-P : La volaille de Bresse, la charcuterie de Lyon, les poissons d'eau douce des fleuves et rivières qui arrosent la région et bien sûr, le vin du Beaujolais et des Côtes du Rhône !

C : Alors pour acheter de bons produits, où devons-nous aller ?

J-P : Je vais me répéter, mais vous savez que pour moi, le supermarché est banni ! Allez au marché, chez votre marchand de primeurs, chez le boucher, le charcutier en qui vous avez confiance. Pour les conserves, je préfère l'épicerie de mon quartier. Bref, faites un effort ! Alors, le menu : en entrée, un velouté de potiron ou de citrouille, et plat principal, une crique.

S : C'est un menu végétarien...

J-P : Et pour le dessert... là... un vacherin aux noisettes caramélisées !

C : Oh, Jean-Paul, vous nous gâtez ! J'en ai l'eau à la bouche ! Et quelle partie du menu allez-vous nous expliquer à l'antenne ?

J-P : Le velouté de potiron. Ce sera plus facile pour nos auditeurs. Pour le reste, il peuvent trouver toutes les informations sur les recettes sur notre site internet. Alors, pour le velouté, il vous faut environ 1 kilo 200 grammes de chair de potiron ou de citrouille... pour 4 personnes, hein ? Du lait, 75 cl, du beurre, 80 grammes, 10 grammes de sucre en poudre, un demi clou de girofle et de la noix de muscade pour épicer un peu, et pour accompagner, 4 tranches de pain de campagne.

S : Et comment ça se prépare alors ?

J-P : C'est très facile ! D'abord, vous découpez la chair en cubes après avoir enlevé les graines et les fibres si nécessaire. Vous faites chauffer le beurre dans une casserole, vous y mettez le potiron et vous le laissez cuire environ 10 minutes à feux doux.

C : Il faut remuer de temps en temps ?

J-P : Oui, évidemment, sinon, ça attache. Ensuite, vous ajoutez le lait, le sucre, une pincée de sel, le demi clou de girofle et la noix de muscade mais pas trop, hein ? Vous laissez cuire 25 minutes mais surveillez pour que ça n'attache pas !

C : D'accord, d'accord. Et après ?

J-P : Au bout de 25 minutes, le potiron a fondu, retirez le clou de girofle et passez au mixeur.

S : C'est tout, c'est simple, non ?

J-P : Oui, même vous, vous pouvez y arriver ! Et il ne reste qu'à ajouter le reste du beurre, à vérifier l'assaisonnement, et le tour est joué !

C : Merci Jean-Paul. Ça a l'air vraiment délicieux !

J-P : N'oubliez pas d'essayer chez vous et allez dîner dans un bouchon Claire, faites-moi plaisir !

C : Oui, oui. Merci. Au revoir !

PISTE 12 / CD 1 ▶▶   LA BD

COMPRÉHENSION ORALE

1 Escute e responda às perguntas ou marque as opções corretas.

1. Que signifient les initiales BD ?
2. Dans quelle ville française a lieu un festival de BD ?
3. Le premier personnage est fille unique.
   - [ ] Vrai   [ ] Faux   [ ] On ne sait pas
4. Elle vient d'un milieu social assez simple.
   - [ ] Vrai   [ ] Faux   [ ] On ne sait pas
5. Les conversations avec sa meilleure amie ont pour thèmes :
   - [ ] l'école   [ ] les garçons   [ ] leur corps   [ ] les parents
6. Les Bidochons représentent le couple modèle.
   - [ ] Vrai   [ ] Faux   [ ] On ne sait pas
7. Stéphane choisit de présenter ces personnages :
   - [ ] parce qu'ils sont très connus en France
   - [ ] parce que leur nom est devenu un mot d'usage courant en français
   - [ ] parce que tous les Français sont comme eux
8. Gaston Lagaffe est toujours en train de travailler.
   - [ ] Vrai   [ ] Faux   [ ] On ne sait pas
9. Ses inventions fonctionnent toujours très bien.
   - [ ] Vrai   [ ] Faux   [ ] On ne sait pas
11. Le personnage d'Adèle a été créé en :
    - [ ] 1966   [ ] 1967   [ ] 1976
12. Où habite Adèle ?
    - [ ] à Paris   [ ] à Marseille   [ ] à Lyon   [ ] à Bordeaux
13. Quelle est sa profession ?
    - [ ] journaliste   [ ] femme au foyer   [ ] romancière   [ ] professeur

2 Relacione cada adjetivo com as características destes personagens.

	Agrippine	Asterix	Obelix	Gaston	Adèle
complexée					
élégante					
généreux					
aventurière					
charmante					
paresseux					
courageuse					
rusé					
pessimiste					
maladroit					

LEXIQUE

Les vêtements et les accessoires

3 Relacione cada palavra com sua fotografia.

un chapeau · un pull · un manteau · un parapluie · une écharpe · une jupe

4 Relacione as duas colunas.

1	une ceinture	a	brincos
2	une cravate	b	um terno (masculino)
3	des boucles d'oreilles	c	um vestido
4	un collier	d	uma jaqueta
5	un T-shirt	e	um colar
6	des sous-vêtements	f	uma gravata
7	un costume	g	um cinto
8	un tailleur	h	roupa íntima
9	une robe	i	meias
10	une veste	j	um relógio
11	des chaussettes	k	um terno (feminino)
12	une montre	l	uma camiseta

5 Complete as definições abaixo e faça as palavras cruzadas.

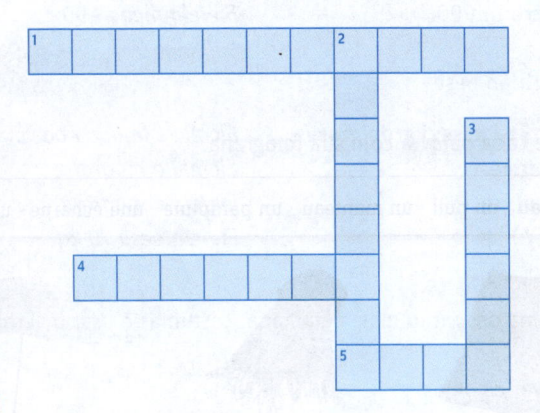

Horizontal

1. Avant de mettre mes chaussures, en général, j'enfile mes .... pour avoir chaud aux pieds.
4. Martin travaille dans une banque alors il doit toujours porter un .... élégant.
5. Anne a une très jolie .... d'été.

Vertical

2. Agnès s'est acheté un nouveau .... composé d'une jupe et d'une veste.
3. J'ai oublié ma .... ; est-ce que tu as l'heure, s'il te plaît ?

PISTE 12 / CD 1

La description physique

Geralmente, para descrever o físico de uma pessoa, usamos **être** + adjetivo.

Il **est** grand et assez gros. *Ele é alto e bastante gordo.*
Elle **est** petite et plutôt mince. *Ela é baixinha e bem mais magra.*

Para falar do aspecto físico, podemos usar:

Il/Elle est **beau/belle**. *Ele/ela é bonito/a.*
Elle est **jolie**. *Ela é bonita.*
Il/Elle est **laid/laide**. *Ele/ela é feio/a.*
Il/Elle est **mignon/mignonne**. *Ele/ela é uma graça.*

Para se referir à altura:

Il/Elle est **grand/grande**. *Ele/ela é alto/a.*
Il/Elle est (**assez / plutôt**) **petit/e**. *Ele/ela é (bastante / bem mais) baixo/a.*
Il/Elle **mesure** 1 m 90. *Ele/ela mede 1,90 m.*

Para se referir ao peso:

Il/Elle est (**très / assez**) **gros/grosse**. *Ele/ela é (muito / bastante) gordo/a.*
Il/Elle est **mince**. *Ele/ela é magro/a.*
Il/Elle est **maigre**. *Ele/ela é magro/a.*
Il/Elle **pèse** 70 kg. *Ele/ela pesa 70 kg.*

Para fazer uma descrição mais detalhada, costuma-se usar o verbo **avoir**.

Para descrever os olhos:

Il/Elle **a les yeux verts / bleus / noirs / marron /**...
Il/Elle **a de petits / grands yeux**.

Para falar do cabelo:

Il/Elle **a les cheveux longs / courts**... *Ele/ela tem o cabelo comprido/curto....*
Il/Elle **a les cheveux raides / frisés**... *Ele/ela tem o cabelo liso/ encaracolado...*

MAS: Il **est chauve.** *Ele é calvo.*
Il/Elle **est blond/e.** *Ele/ela é loiro/a.*
Il/Elle **est brun/e**. *Ele/ela é moreno/a.*
Il/Elle **est roux/rousse.** *Ele/ela é ruivo/a.*

Também é possível construir expressões com **avoir,** como **avoir des taches de rousseur** («ter sardas») ou **avoir des boutons** («ter espinhas»).

6 Complete as frases como os adjetivos e as expressões empregados por Stéphane e Claire para descrever os personagens.

> puberté · avoir des boutons · être de mauvaise humeur · (se mettre) en colère
> être mal dans sa peau · (avoir) un grand cœur · avoir des défauts
> paresseux · maladroit · créatif · charmante

1. Marie aime beaucoup son amie Isabelle, même si elle a ▓▓▓ et qu'elle est souvent ▓▓▓.
2. Olivier a 14 ans : il est en pleine ▓▓▓, il a des ▓▓▓ et il est ▓▓▓.
3. Matthieu est très ▓▓▓ mais malheureusement il est aussi très ▓▓▓ et toutes ses inventions provoquent toujours des catastrophes.
4. Béatrice est vraiment ▓▓▓. Et en plus, elle a un ▓▓▓ et elle ne se met jamais ▓▓▓.
5. Mon mari est vraiment ▓▓▓ : il ne fait jamais rien à la maison.

GRAMMAIRE

Em francês, assim como em português, os verbos podem levar um objeto direto (OD) ou um objeto indireto (OI) acompanhado por uma preposição: **à, de** etc. Alguns verbos têm um único tipo de complemento:

Pierre **regarde** la télévision et Marie **écoute** la radio.
Elle **téléphone** à sa mère chaque semaine.

Outros podem levar os dois.

Il **donne** <u>des bonbons</u> <u>à ses enfants.</u>
Elle **envoie** <u>une lettre</u> <u>à ses cousins</u>.
Nous **demandons** <u>des indications</u> <u>à un passant</u>.

Les pronoms compléments d'objet direct

Falando sobre Agrippine e seus pais, Claire utiliza um pronome de OD: **Elle les critique**. O OD pode substituir pessoas ou coisas.

Singulier	Pluriel
me / m' (+ vogal ou **h** mudo)	**nous**
te / t' (+ vogal ou **h** mudo)	**vous**
le / la / l' (+ vogal ou **h** mudo)	**les**

Je **me** regarde dans le miroir pour **me** coiffer.
Je **t'**écoute quand tu parles.

Le pronom en

Para substituir um OD introduzido por um artigo indefinido (**un**, **une**, **des**), um partitivo (**du**, **de l'**, **de la**, **des**), um número ou um quantificador (**beaucoup**, **trop**, **peu**, **assez**...), usamos **en**. Note que, quando especificamos a quantidade, além do **en**, repetimos **un**, **deux**, **beaucoup**, **trop**, etc.

- Tu as **une** voiture ?
- Oui, **j'en** ai **une**.

- Tu veux **du** café ?
- Oui, j'**en** veux.

- Je mets **beaucoup de** sucre dans le gâteau ?
- Non, n'**en** mets pas **trop**.

Les pronoms compléments d'objet indirect

Claire usa um pronome de OI: **Les parents d'Agrippine lui donnent de l'argent de poche**. Esses pronomes substituem os destinatários da ação.

Singulier	Pluriel
me / m' (+ vogal ou **h** mudo)	**nous**
te / t' (+ vogal ou **h** mudo)	**vous**
lui (masc. e fem.)	**leur** (masc. e fem.)

- Tu as parlé à ton père ?
- Oui, je **lui** ai parlé ce matin.

- Tu te souviens des chats ?
- Oui, je viens de **leur** donner à manger.

Atenção! Com alguns verbos que levam OD, mesmo que o complemento se refira a uma pessoa, não se pode substituí-lo por um pronome. Nesses casos, conservamos a preposição **à** + o pronome tônico.

Elle pense beaucoup **à toi**. *Ela pensa muito em você.*
Paul ne s'intéresse pas **à lui**. *Paul não está interessado nela/e.*

Le pronom y

Uma das funções do pronome **y** é substituir um advérbio de lugar. Também é utilizado para substituir complementos introduzidos pela preposição **à**, quando se referem a coisas ou ideias.

- Est-ce que tu as pensé à acheter de la bière pour la fête ?
- Non, je n'**y** ai pas pensé, mais j'ai acheté du vin.

- Il pense à ses vacances en ce moment.
- Oui, il **y** pense tout le temps !

- Elle s'intéresse à la peinture ?
- Oui, elle s'**y** intéresse depuis quelques années déjà.

❼ Reescreva as frases substituindo as palavras em negrito por um pronome.

1. Tu téléphones **à tes parents** tous les jours ?
2. Vous regardez beaucoup **la télévision** ?
3. J'écoute **la radio** tous les matins pendant que je prends mon petit-déjeuner.
4. Vous voulez encore **un peu de café** ?
5. Elle va **au cinéma** ce soir ?

8 Complete o texto com os pronomes adequados.

Hier matin je suis allé au marché. J'___ suis allé de bonne heure parce que sinon, il y a beaucoup de gens. J'ai acheté des fruits et des légumes. J'___ ai acheté beaucoup parce que c'est bon pour la santé. En fait, j'essaie d'___ manger tous les jours. En revenant du marché, j'ai rencontré Christine, une amie. Je me suis arrêté pour ___ dire bonjour et ___ faire la bise. Je ___ ai expliqué que je venais du marché. Comme je voulais ___ parler, j'ai décidé de ___ inviter à déjeuner chez moi. Elle ___ a demandé de ___ envoyer un mail pour ___ donner mon adresse et confirmer le jour et l'heure. Je ___ ai dit au revoir et je suis reparti.

> **NOTE culturelle**
>
> La bande dessinée (ou BD) est considérée comme le neuvième art. Depuis 1974, elle a aussi son festival mondial annuel, dans la ville d'Angoulême, en Charente (ouest de la France). Inspirée par le succès d'une exposition de dessins qui a lieu à Angoulême en 1972, la municipalité décide de faire d'Angoulême la capitale de la BD, non seulement en France et en Europe, mais aussi dans le monde. Depuis sa création, le festival a vu passer tous les grands noms de la BD européenne, comme les créateurs de Lucky Luke, des Frustrés, de Tintin, Gaston Lagaffe et bien d'autres encore. Le festival s'intéresse à tous les types de BD et il a su développer et maintenir sa dimension internationale.

La boîte à mots

avoir l'air sympa	parecer simpático/a
avoir l'air prétentieux/euse	parecer pretensioso/a
Bien joué !	Muito bem!
être en plein dans l'âge ingrat	estar em plena adolescência
être mal dans sa peau	estar mal consigo mesmo
«m'enfin»	abreviatura de **mais enfin**
super	fantástico, incrível
Tu vois de qui je te parle ?	Você sabe de quem estou lhe falando?

Glossaire

à l'occasion	ocasionalmente	complexer	complicar
à longueur de temps	o tempo todo	corps	corpo
		couple m.	casal, dupla
à rayures	listrado	courageux/euse	corajoso
à travers	através	court/e	curto/a
angoissant/e	angustiante	créatif/ive	criativo/a
argent	dinheiro	d'ailleurs	por outro lado
arrondissement	distrito	décoiffer	despentear
astucieux/euse	astuto/a	défaut	defeito
atmosphère	ambiente	dégât	imperfeito
au début	no início	dessinateur/trice	ilustrador/a
aventure	aventura	deviner	adivinhar
aventurier/ière	aventureiro/a	devinette f.	adivinhação, enigma
blanc/blanche	branco/a	doute m.	dúvida
bleu/bleue	azul	écharpe	cachecol, echarpe
blond/e	loiro/a	écrire	escrever
blue-jeans sing.	calça jeans	élégant/e	elegante, chique
bottine	botina	en plein	em pleno/a
bouton	espinha (acne)	ennuyer	aborrecer
bureau	escritório	entraîner	implicar
casque	capacete	époque	época
causer	provocar, causar	espadrille	alpargatas
chapeau	chapéu	étonner	surpreender
charmant/e	encantador/a	étrange	estranho/a
chemisier m.	blusa	être en colère contre qqn.	com raiva
cheveu/eux	cabelo/s	exploser	explodir
cœur	coração	femme	mulher
col roulé	gola alta	finir	terminar
combattre	combater	fort/e	forte
comme quoi	pelo/como que		

gaffeur/euse	quem comete gafes	plat/e	liso/a
garçon	rapaz	plutôt	bastante, bem mais
gargouille	gárgula	poche	bolso
gaulois/e	gaulês/a	portrait	retrato
généreux/euse	generoso/a	potion	porção
goût	gosto	problème	problema
grâce à	graças a, devido a	puberté	puberdade
grand/e	alto/a	pull	malha
gros/se	gordo/a	question	dúvida, questão
haut	top	quotidien/ne	dia a dia; cotidiano/a
jeune femme	uma jovem	rebondissement	sobressalto
journal/aux	jornal/ais	reconnaissable à	reconhecível por
jupe	saia	riche en	rico/a em, cheio/a de
mademoiselle	senhorita	romancier/ère	romancista, escritor
maladroit/e	desastrado/a	romans-	folhetim
malheur	desventura/s	-feuilleton	
manteau	agasalho	rond/e	redondo/a
meilleur/e	melhor	rouge	vermelho/a
mince	magro/a	roux/rousse	ruivo/a
momie	múmia	rusé/e	astuto/a, esperto/a
monotone	monótono/a	satirique	satírico/a, mordaz
monstre	monstro	se renfermer	fechar-se em si mesmo/a
moustache f.	bigode	serviable	prestativo
moyen/enne	modo, jeito	siècle	século
mystérieux/euse	misterioso/a	simplifier	simplificar
noir/e	preto, negro	société de	sociedade de
objet	objeto	consommation	consumo
oublier	esquecer	sous-vêtement	roupa íntima
parapluie	guarda-chuva	tache de	sarda
parc	parque	rousseur	
parcourir	percorrer	télé	tevê, televisão
par-dessus	por cima	travers	contratempo
paresseux/euse	preguiçoso/a	tresse	trança, madeixa
passage, à son	em seu caminho	type	tipo
passer son	matar o tempo	usé/e	estar usado/a, gasto/a
temps		vif/vive	esperto/a, vivo/a
période	período, época	volontiers	com prazer, de bom grado
petit frère	irmão caçula		

Transcription

Claire : C'est la bande dessinée que nous allons aborder maintenant dans notre émission.

Stéphane : Super, j'adore la BD, surtout Tintin et Astérix ! Tu vas nous parler du festival d'Angoulême ?

C : Non, pas cette fois. J'ai une autre idée pour nos auditeurs : pourquoi ne pas utiliser notre rubrique pour leur présenter des personnages connus et moins connus en dehors de nos frontières.

S : Oui, tu as raison Claire, c'est une bonne idée !

C : Je commence sous la forme d'une devinette et nous allons voir si tu reconnais mon premier choix. Elle est adolescente, c'est une adolescente très typique, pas très jolie parce qu'elle est en pleine puberté alors forcément elle a des boutons, elle est pratiquement toujours de mauvaise humeur, assez pessimiste et renfermée. Bref, elle est en plein dans l'âge ingrat. Elle a un petit frère qui l'ennuie beaucoup, elle est toujours en colère contre lui. Elle vit évidemment avec ses parents qui sont assez bourgeois et bien sûr elle les critique beaucoup à longueur de temps mais accepte volontiers les billets qu'ils lui donnent pour son argent de poche. Avec sa meilleure amie, elle passe son temps à parler de ses malheurs, des garçons, des questions existentielles de cet âge-là, de leurs corps qui changent et qu'elles n'aiment pas, des problèmes de sous-vêtements que ça entraîne... Elles sont très complexées. Bref, c'est la vie à travers les yeux d'une adolescente assez mal dans sa peau mais vue avec beaucoup d'humour. C'est vraiment très amusant. Alors, tu as trouvé ?

S : Bien sûr, c'est Agrippine de Claire Brétécher ! L'auteur des *Frustrés* !

C : Bien joué ! Bon, allez, je te laisse nous parler de ton personnage préféré. Alors ?

S : Ben, moi j'en ai deux parce qu'ils sont inséparables. Alors tout le monde a déjà deviné. L'un est petit et très fort grâce à une potion magique, mais surtout, il est très rusé, très intelligent et vif. Il est reconnaissable à sa grosse moustache blonde et à son casque Gaulois. Il porte toujours un haut noir et un pantalon rouge et son ami, au contraire, est très grand et gros, il porte la moustache et les tresses comme le plus petit, et aussi un pantalon à rayures bleues et blanches. Il n'est pas aussi intelligent que son ami, mais lui aussi a un grand cœur, il est généreux et très serviable, toujours prêt à aider les autres. Alors, facile, non ?

C : Oui, très facile ! Ce sont Astérix et Obélix. Mais tu as oublié Idéfix, non ? Que dirait Uderzo ?

S : Est-ce qu tu crois que nos auditeurs connaîtront *Les Bidochon* de Christian Binet ?

C : Ah ça, ça m'étonnerait beaucoup.

S : Alors laisse-moi les leur présenter. *Les Bidochon*, c'est le portrait satirique d'un couple marié depuis des années déjà, un couple de Français moyens. Ils ne sont pas très cultivés, ils vivent une vie assez monotone. Leur quotidien est fait d'une accumulation de petits travers, de petits défauts et bien sûr ils sont très influencés par la société de consommation et tout ce qu'ils voient à la télé.

C : Et pourquoi tu considères que c'est une BD importante ?

S : On pourrait dire que... maintenant, le terme de « bidochon » est entré dans la langue et il est utilisé en France pour faire référence à ce type de personnes, comme quoi c'est une BD qui a marqué son temps.

C : Et si maintenant je te dis : il est plutôt grand et mince avec la tête ronde et les cheveux plats au début parce qu'après il a toujours l'air décoiffé, et il n'a pas du tout l'air sportif. D'ailleurs, au début il fume, il porte un pull à col roulé vert trop court, un blue-jeans et des espadrilles bleues très usées. Son expression favorite est « M'enfin ». Au début, il est simplement indolent, paresseux et à l'occasion gaffeur et maladroit. Tu vois de qui je te parle ?

S : Il est employé de bureau au journal de Spirou ? Il est très paresseux, toujours en train d'éviter de travailler et puis après il devient très créatif et astucieux et invente des objets destinés à lui simplifier la vie au travail qui finissent invariablement par exploser ou causer des dégâts ?

C : Oui...

S : Alors il n'y a pas de doute, je le connais, c'est Gaston Lagaffe ! De Franquin. C'est ça, non ?

C : Exact ! Finalement, pour terminer, si vous voulez découvrir l'univers mystérieux de Paris au début du XIXe siècle, vous pouvez lire *Les Aventures d'Adèle Blanc-Sec*, de Tardi. Le dessinateur a créé le personnage d'Adèle en 1976, grande période féministe. Mademoiselle Blanc-Sec est une femme moderne. La rousse aux taches de rousseur est toujours élégante, elle aime les accessoires féminins, elle ne sort jamais sans son parapluie ni son écharpe et elle porte souvent un long manteau vert par-dessus sa jupe et son chemisier. Elle a aussi de jolis chapeaux et des bottines de l'époque que je trouve tout à fait à mon goût. Adèle vit à Paris où elle rencontre des monstres étranges comme des momies ou les célèbres gargouilles. C'est une jeune femme courageuse et aventurière. Elle parcourt la capitale, entre le Louvre et le 14e arrondissement, le Parc Monceau, Les Buttes Chaumont où elle combat les monstres qui se trouvent sur son passage... Ensuite elle s'inspire de ses propres aventures pour écrire des romans-feuilletons populaires. Eh oui ! Adèle est romancière ! Avec la charmante Parisienne, nous découvrons la ville dans une atmosphère angoissante et riche en rebondissements.

PISTE 13 / CD 1 ▶▶ LES CATACOMBES

COMPRÉHENSION ORALE

1 Vrai ou faux ? Marque.

	Vrai	Faux
1. Xavier présente les quartiers chics de Paris.		
2. Claire va faire les boutiques dans les catacombes.		
3. Les catacombes sont ouvertes du lundi au dimanche.		
4. La station Denfert-Rochereau se trouve sur la ligne 4 du métro.		
5. Stéphane aime sortir la nuit.		

2 Indique que atividades podem ser feitas em cada lugar.

	Avenue du Général Leclerc	Rue Daguerre	La Fondation Cartier	Les catacombes
1. visiter les galeries				
2. faire les boutiques				
3. manger au restaurant				
4. voir une exposition				
5. boire un verre				

LEXIQUE

La ville et ses commerces

3 Procure na faixa as correspondências das palavras abaixo.

um bairro — **un quartier**
lojas —
uma confeitaria —
o metrô —

um cemitério —
um restaurante —
comércios —
um cinema —

4 Relacione as fotos com sua respectiva descrição.

> une rue · une place · une boulangerie · un arrêt de bus · une banque · un hôpital

Prépositions de lieu

Para expressar localização, Xavier emprega algumas preposições de lugar:

Nous sommes **à** Paris et j'ai le plaisir de vous emmener **dans** le 14ᵉ arrondissement, **près des** quartiers chics mais dans une toute autre atmosphère. Je me trouve plus précisément **sous** Paris, dans les Catacombes de Denfert-Rochereau. (...) Vous sortez **sur** la Place Denfert et vous allez...

À

A preposição **à** expressa direção, localização ou distância.

Je vais **à** New York tous les mois.
Le musée du Louvre est **à** Paris.
La boulangerie se trouve **à** 100 mètres de l'école.

> Lembre-se:
> **à + le = au**
> **à + les = aux**

EN

A preposição **en** expressa direção ou localização.

Il va **en** Espagne la semaine prochaine.
- Tu habites **en** centre-ville ou **en** banlieue ?
- J'habite **en** banlieue dans un appartement.

DANS

A preposição **dans** expressa a localização de algo ou alguém em um espaço determinado. Nestes casos, traduz-se como «em».

Les enfants jouent **dans** la rue.
Elle travaille **dans** une boutique du centre-ville.

Atenção! **Dans** significa também «dentro de» (em um espaço fechado).

Les clés sont **dans** mon sac.

PRÈS DE, LOIN DE, EN FACE DE

Près de («perto de»), **loin de** («longe de») e **en face de** («em frente de») são outras preposições de lugar. Atenção! A preposição **de** muda se a referência de lugar for masculina, feminina ou plural.

+ substantivo masculino	+ substantivo feminino	+ substantivo plural
près **du** cimetière	près **de la** place	près **des** galeries d'art
loin **du** cimetière	loin **de la** place	loin **des** galeries d'art
en face **du** cimetière	en face **de la** place	en face **des** galeries d'art

SUR

A preposição **sur** é traduzida como «em», «sobre» ou «em cima de».

Il y a une fontaine très jolie **sur** la place.
Les clés sont **sur** la table.

SOUS

A preposição **sous** é traduzida como «debaixo de».

Mes chaussettes sont **sous** le lit.

5 Complete o texto abaixo com **en**, **dans**, **sur**, **en face de** ou **à**, alterando, se necessário, as preposições **à** e **de** quando seguidas de substantivos com os quais concordam.

J'habite _____ un appartement _____ centre-ville _____ une rue très bruyante. Mais c'est très pratique parce qu'il est situé _____ métro. Pour faire les courses, je vais _____ supermarché qui est _____ 50 mètres et _____ la place, il y a un marché ouvert tous les dimanches. J'aime beaucoup ce quartier. Les voisins sont très sympathiques et nous organisons parfois des soirées _____ ma terrasse pour mieux nous connaître.

6 Veja o mapa e complete as frases com a seguintes indicações: **à**, **sur**, **dans**, **près de**, **loin de**, **en face de**.

1. La librairie est _____ cimetière et _____ 100 mètres de la place.
2. _____ la place, il y a un arrêt de bus.
3. L'épicerie est _____ le Boulevard de la Liberté.
4. L'hôpital est _____ la banque.
5. Le cimetière est _____ l'hôpital.

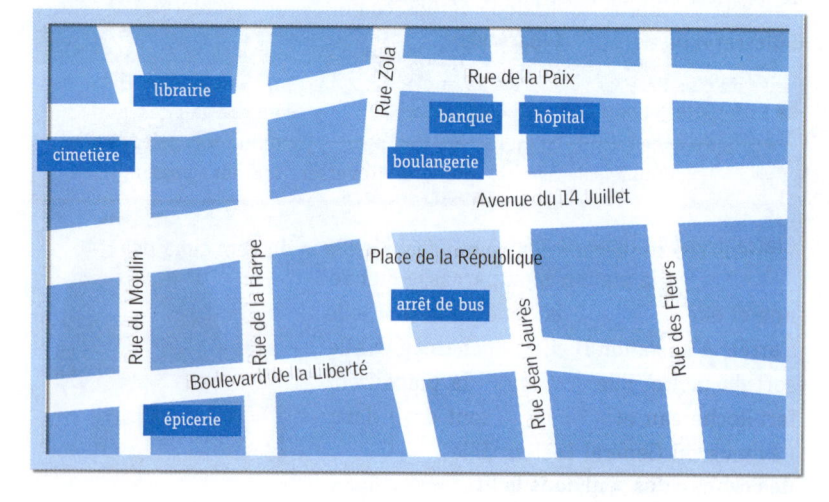

GRAMMAIRE

Indiquer un chemin

Para explicar um trajeto, normalmente usamos os verbos **prendre** («pegar»), **tourner** («virar»), **traverser** («cruzar»), **continuer** («seguir») ou **passer** («passar»).

Pour aller à la gare, vous **continuez** tout droit, vous **traversez** la rue et vous **passez** devant la mairie. Ensuite, vous **tournez** dans la première rue à gauche et la gare se trouve à 20 mètres.

Para indicar a direção, empregamos expressões como **à gauche** («à esquerda»), **à droite** («à direita») ou **tout droit** («sempre em frente»).

Je t'explique comment arriver chez moi. Tu prends la rue Soufflot et tu tournes **à droite**. Tu continues **tout droit** et mon immeuble se trouve **à gauche** de la pharmacie.

Para os transportes, utilizamos verbos como **monter** («subir»), **descendre** («descer») ou **s'arrêter** («parar»).

7 Complete o texto com estes verbos.

> continuer · descendre · prendre · traverser · tourner · passer

Claire prend la ligne de métro numéro 13, elle _____ à la station Montparnasse-Bienvenue et elle _____ la ligne numéro 4, elle s'arrête à la station Denfert-Rochereau et elle sort du métro. Elle _____ la place Denfert-Rochereau et _____ tout droit dans l'avenue du Général Leclerc. Elle _____ devant la poste et _____ à droite dans la rue Ernest Cresson. Elle arrive au marché.

Parler des activités et des loisirs

O verbo **faire** + partitivo serve para falar de atividades esportivas.

	faire	+ partitif
Je	fais	
Tu	fais	**du** sport / foot / basket...
Il / Elle / On	fait	**de la** natation / gymnastique...
Nous	faisons	**de l'**équitation / l'escalade...
Vous	faites	**des** excursions.
Ils / Elles	font	

Outro verbo que usamos para nos referir a atividade esportivas é **jouer**.

> **jouer au / à la / à l' / aux** + sport

Elle **joue aux échecs** tous les mardis. *Ela joga xadrez todas as terças.*

Também empregamos **jouer** para nos referir à ação de tocar um instrumento.

> **jouer du / de la / de l' / des** + instrument

Ils **jouent de la clarinette**. *Eles tocam clarinete.*

Exprimer la capacité

O verbo **pouvoir** seguido de infinitivo serve para expressar capacidade.

	pouvoir	+ infinitif
Je	peux	
Tu	peux	
Il / Elle / On	peut	**résoudre** un problème mathématique avec facilité.
Nous	pouvons	**travailler** et **écouter** de la musique en même temps.
Vous	pouvez	
Ils / Elles	peuvent	

Le pronom on

O pronome **on** é utilizado quando não especificamos quem é o sujeito. Equivale a **tout le monde** («todo mundo») ou **les gens** («as pessoas») e, na linguagem familiar, a **nous** («a gente»). Muitas vezes é traduzido como o «se» impessoal.

En Brésil, **on** parle le portugais.
Chez moi, **on** aime la musique.

No Brasil se fala português.
Na minha casa, a gente gosta de música.

La boîte à mots

boire un verre	tomar um copo
Ça vaut le détour.	Vale a pena.
faire du shopping	fazer compras
faire les boutiques	ir às lojas
Je suis un vrai nocturne.	Sou realmente um notívago.
pour tous les goûts	para todos os gostos
Velib	contração de Vélo e Liberté (serviço público parisiense de locação de bicicletas)
Vous allez vous régaler !	Vocês vão se esbaldar!

Glossaire

ancien/enne	antigo/a	lieu/lieux	lugar/es
avenue	avenida	ossement	ossário
balade *f.*	passeio	pâtisserie	confeitaria
banlieue	periferia, subúrbio	place	praça
catacombe	catacumba	routard	mochileiro, viajante
colonel	coronel	s'étendre	estender-se
commerce	comércio	sombre	escuro/a
détour	desvio, escapada	soulager	aliviar
dimanche	domingo	souterrain	subterrâneo
entreposer	depositar	station	estação de metrô
indice	pista, dica	sud	sul
intra-muros	intramuros *(dentro das muralhas)*	surpopulation	superpopulação
		vélo	bicicleta

Transcription

Claire : Tu sais, Stéphane ? Adèle est une aventurière de BD mais nous, nous avons notre propre aventurier en direct et je crois que notre routard préféré veut nous impressionner aujourd'hui !

Stéphane : Eh oui, Claire, retrouvons Xavier qui nous fait découvrir des lieux mystérieux et préparez-vous, ça vaut le détour !

C : Bonjour Xavier. Alors, où est-ce que vous nous emmenez aujourd'hui ?

Xavier : Salut à tous! Je vous donne un indice: si je vous dis sombre, galeries et Denfert-Rochereau, vous pensez à quoi ?

C : Vous intriguez nos auditeurs !

S : Allez, dites-nous !

X : Eh bien, nous sommes à Paris et j'ai le plaisir de vous emmener dans le 14e arrondissement, près des quartiers chics mais dans une tout autre atmosphère. Je me trouve plus précisément sous Paris, dans les Catacombes de Denfert-Rochereau.

C : Ah ! On peut faire les boutiques dans les Catacombes ?

X : Ah non Claire ! Je vois qu'une petite révision d'histoire est indispensable. Il s'agit d'anciennes carrières où les ossements de générations de Parisiens ont été entreposés pour soulager la surpopulation des cimetières de la capitale. Il y a plus de 300 km de galeries qui s'étendent dans le sud de Paris intra-muros mais aussi dans la banlieue sud. Aujourd'hui on peut visiter les catacombes de Denfert-Rochereau.

S : Vous êtes alors dans les souterrains de Paris. Et comment on y accède ?

X : Le plus simple est de prendre la ligne 4 du métro parisien et de descendre à la station Denfert-Rochereau. Vous sortez sur la Place Denfert et vous allez au 1 Avenue du Colonel Henri Tanguy. C'est ouvert du mardi au dimanche. Allez-y, c'est passionnant !

S : Ah on ne va pas manquer ça ! Et qu'est-ce qu'on peut faire d'autre dans le 14e ?

X : Plein de choses ! Si vous avez faim, vous pouvez profiter de bons restaurants.

S : Et où est-ce qu'on peut manger ?

X : Alors quand vous arrivez sur la Place Denfert, vous prenez l'avenue du général Leclerc, vous continuez tout droit et vous prenez la deuxième rue à droite. C'est la rue Daguerre! Et là, vous allez vous régaler ! Il y a des restaurants, des pâtisseries et plein de commerces !

C : Oui, je sais j'insiste mais on peut faire du shopping aussi ?

X : Bien sûr Claire, il y a des boutiques sur l'avenue du général Leclerc ! Mais ce n'est pas tout ! Si vous avez envie de voir une exposition, la Fondation Cartier est à 400 m de la place. Et si vous êtes sportif, vous pouvez faire une balade à vélo. Il y a une station Velib près de la place.

S : Ah oui vraiment, on peut passer une agréable journée. Et le soir ? Je suis un vrai nocturne moi !

X : Il y en a pour tous les goûts. Juste à côté de la place, on trouve un cinéma et si vous préférez boire un verre, il a des bars dans la rue Daguerre.

S : C'est génial ! On y va ce soir Claire ?

C : Avec plaisir ! Merci Xavier pour cette jolie visite parisienne et à la semaine prochaine !

X : Merci à tous !

PISTE 14 / CD 1 ▶▶ LA CÔTE D'IVOIRE

COMPRÉHENSION ORALE

❶ Vrai ou faux ?

	Vrai	Faux
1. Dieudonné vit en Côte d'Ivoire, en Afrique.		
2. Dieudonné va en Côte d'Ivoire surtout en été.		
3. Maminigui est à 500 Km d'Abidjan.		
4. Air France a moins de vols pour Abidjan qu'Air Burkina.		
5. Maminigui est au centre-ouest du pays.		
6. À Maminigui il reste à l'hotel.		
7. À Marahoué il y a une grande diversité d'animaux de la forêt et de la savane.		
8. Le *koutoukou* est une boisson de Côte d'Ivoire.		
9. L'*harmattan* est un vent chaud de la savane.		

❷ Marque a opção correta.

Comment se déplace Dieudonné ?	En bus	En train	En voiture	En taxi	En avion	À pied
1. pour aller à Abidjan						
2. pour circuler dans Abidjan						
3. pour aller à Maminigui			•			
4. pour faire de la randonnée						

❸ Où est-ce qu'on peut…? Escreva 1 para Abidjan, 2 para Maminigui, 3 para Man, 4 para Marahoué e 5 para Yamassoukro.

☐ manger un couscous	☐ voir les ponts de lianes tissées
☐ visiter une basilique	☐ danser le Zaouli
☐ prendre des photos d'éléphants	☐ sortir la nuit
☐ se promener dans les forêts	☐ prendre un avion pour la France

LEXIQUE

Partir en vacances

4 Ordene as atividades que costumamos fazer antes de viajar de avião.

☐ acheter un billet	☐ aller à l'aéroport
☐ faire ses bagages	☐ prendre l'avion
☐ prendre son passeport	☐ passer le contrôle de sécurité
☐ enregistrer ses bagages	☐ réserver une chambre d'hôtel

Les transports

Quando falamos dos meios de transporte, usamos a preposição **en**:

Je voyage en train / en avion / en voiture / en taxi / en bus / en métro.
Atenção! Falamos **à pied** («a pé»), **à vélo** («de bicicleta»), **à cheval** («a cavalo»), **à moto** («de moto»).

GRAMMAIRE

Situer dans le temps

LES MOIS			
janvier	avril	juillet	octobre
février	mai	août	novembre
mars	juin	septembre	décembre

- **On est quel jour** aujourd'hui ? / **C'est quel jour** aujourd'hui ?
- **On est** mardi (15 avril). / **On est le** 15 avril.
  Nous sommes mardi (15 avril). / **Nous sommes le** 15 avril.

Note que nas datas, antes do mês e do ano, não se usa a preposição **de**: 15 ~~de~~ **avril** ~~de~~ **2009**.

Usamos a preposição **en** antes dos meses e das estações **hiver** («inverno»), **été** («verão») e **automne** («outono»), mas **au** **printemps** («primavera»).

Je passe des examens **en mai**.
On part en vacances **en été**.
Au printemps, on fête Pâques.

Tenho provas em maio.
Vamos tirar férias no verão.
Na primavera [europeia] se celebra a Semana Santa.

La comparaison

Quando comparamos qualidades, usamos a seguinte estrutura:

plus / moins / aussi + adjectif / adverbe + **que**

Le climat ici est **plus** agréable qu'en France.
Tu est **moins** sérieux **que** moi.
Il danse **aussi** bien **que** sa sœur.

O clima aqui é mais agradável do que na França.
Você é menos sério do que eu.
Ele dança tão bem quanto a irmã dele.

Atenção! As formas comparativas de **bon** e **mauvais** são **meilleur** e **pire** ou **plus mauvais,** respectivamente. O comparativo do advérbio **bien** é **mieux**.

Le climat ici est **meilleur qu'**en France.
Elle travaille **mieux que** son frère.

O clima aqui é melhor do que na França.
Ela trabalha melhor do que o irmão.

Quando comparamos quantidades, usamos a seguinte estrutura:

plus / moins / autant de + nom + **que**

J'ai **plus de** bagages **que** Phil.
En hiver il y a **moins de** touristes qu'en été.
Il a **autant de** patience **que** toi.

Tenho mais malas do que Phil.
No inverno há menos turistas do que no verão.
Ele tem tanta paciência quanto você.

Finalmente, para comparar ações, usamos a estrutura:

verbe + **plus / moins / autant que**

Elle travaille **plus que** son mari. *Ela trabalha mais do que o marido.*
Je dort **moins que** toi. *Durmo menos do que você.*
Pierre gagne **autant que** Caroline. *Pierre ganha tanto quanto Caroline.*

5 Complete as frases com **plus ... que** (2), **moins ... que** (2), **autant ... que** e **meilleur que**.

1. Les vols pour Abidjan sont _____ fréquents avec Air France _____ 'avec Air Burkina.
2. À Maminigui, il y a _____ de touristes _____ 'à Abidjan.
3. En Côte d'Ivoire, il y a _____ de danses traditionnelles _____ de villages.
4. Man est une ville _____ calme _____ 'Abidjan.
5. L'*attiéké* est le plat préféré de Dieudonné. Selon lui, c'est _____ le couscous classique.
6. Le climat en France est _____ agréable _____ 'en Côte d'Ivoire.

La boîte à mots

Allez ! Vamos!
Au travail ! Mãos à obra!
Ça vaut la peine. Vale a pena.

Glossaire

à cause de	devido a, por causa de	dame	senhora
à mon avis	para mim, no meu ponto de vista	danseur/euse	bailarino/a
		éléphant	elefante
aéroport	aeroporto	emporter	levar
agence	agência	équiper	equipar
animal/aux	animal/is	fabuleux/euse	fabuloso/a
arrêter	parar	foi	fé
avant	antes	forêt	floresta
bagage	bagagem	fréquent/e	frequente
basilique	basílica	froid/e	frio/a
buffle	búfalo	girafe	girafa
chaleur	calor	goûter	provar, degustar
chaud/e	quente	grisaille	triste, monótono
compagnie	companhia	habitant/e	habitante
aérienne	aérea	haut lieu	lugar emblemático
couscous	cuscuz	hôtel	hotel

loin	longe	se reposer	descansar
louer	alugar	se ressourcer	voltar a suas raízes profundas
magnifique	magnífico/a		
manioc	mandioca	sec/sèche	seco/a
montagne	montanha	semaine	semana
montagneux/euse	montanhoso/a	site	lugar
ouest	oeste	suivant/e	seguinte
paix	paz	superbe	soberbo/a, magnífico/a
pont	ponte	tisser	tecer
prendre des photos	tirar/fazer fotos	trouver	achar, acreditar
		vacances *pl.*	férias
rendre visite	visitar	variété	variedade
repartir	voltar a partir	vaste	vasto/a, extenso/a
revoir	voltar a ver	vent	vento
savane	savana	village	lugarejo, povoado
se loger	hospedar-se	voiture *f.*	carro
se passer de	prescindir de	vol	voo

Transcription

Claire : Et maintenant nous quittons la grisaille parisienne pour un peu de chaleur et de couleurs. Nous allons partir loin, en Afrique... « Voyage Voyage ». Eh oui. Grâce à Dieudonné, un auditeur qui vient de Côte d'Ivoire, nous allons découvrir comment y aller, les sites à visiter, où se loger, les habitants et leur culture. Enfin l'indispensable pour profiter de vacances bien organisés ! On y va Stéphane ?
Stéphane : Oui, o ui, oui, oui. C'est parti ! Dieudonné, bonjour !
Dieudonné : Bonjour.
C : Alors vous vivez maintenant en France depuis quelques années, quand est-ce que vous rendez visite à votre famille en Côte d'Ivoire ?
D : Eh bien, j'essaie d'organiser un voyage chaque année. Je pars quand j'ai des vacances surtout en été.
C : Vous partez bien sûr en avion. Est-ce que les vols sont fréquents pour Abidjan ?
D : Oui, alors, moi, je ne suis pas d'Abidjan. Je viens d'un village qui s'appelle Maminigui, à 600 km d'Abidjan mais bien sûr les compagnies aériennes ont des vols jusqu'à Abidjan. Je voyage avec Air France qui a septs vols par semaine ou Air Burkina avec quatre vols par semaine. Après, je loue une voiture à l'aéroport et je pars voir ma famille.
C : Parlez-nous de votre village, Maminigui, c'est comment ?
D : Maminigui est en pays Gouro, c'est à dire, au centre ouest de la Côte d'Ivoire. Je suis un Gouro. Quand je vais là-bas, je reste chez mon frère, c'est mieux qu'à l'hôtel, avec toute la famille et puis je revois aussi les amis de mon groupe. Oui, je suis un danseur et j'avais un groupe avec lequel on organisait des

danses. Vous savez, en Côte d'Ivoire, il y a une grande variété de danses traditionnelles. En fait chaque village a sa danse. Notre danse c'est le Zaouli. À mon avis, c'est une des plus jolies danses traditionnelles! Si vous voyagez en Côte d'Ivoire, il y a un circuit touristique des danses traditionnelles. Je pense que ça vaut la peine de le faire.

S : Et après quelques jours dans votre village, quelles sont les étapes suivantes de votre voyage ?

D : Ah alors, j'aime bien me ressourcer et pour ça je vais à Man en pays Yacouba, la ville des 18 montagnes. C'est très vert, le climat montagneux est doux, vous pouvez y voir les fabuleux ponts de lianes tissées et puis de belles cascades. Les forêts sont vastes et protégées. On y fait quand même quelques randonnées. Je trouve que c'est une découverte indispensable pour tous les touristes. Ensuite, il m'arrive d'aller à Marahoué, c'est une réserve naturelle située à 350 km d'Abidjan. On y voit une grande diversité d'animaux de la forêt et de la savane. On y va en voiture avec un guide et on peut prendre des photos d'éléphants, de buffles, de girafes... C'est magnifique ! Pour finir, je repars en ville. C'est pas aussi bien que la nature mais j'aime bien m'arrêter à Yamoussoukro pour visiter la superbe basilique Notre Dame de la Paix, un haut lieu de foi et de tourisme ivoirien !

C : C'est un magnifique parcours que vous faites ! Dites-nous, pour se loger, qu'est-ce qui est le plus pratique ?

D : Il y a beaucoup d'hôtels très bien équipés. Je crois que c'est l'occasion de se reposer un peu et de profiter des commerces, des bars... Et puis vous pouvez aussi goûter l'*attiéké*, un couscous à base de manioc, et boire un petit *koutoukou*.

C : Ah ça, ça doit plaire à Stéphane, hein ?

S : Avec toutes ces informations, il ne nous reste plus qu'à prendre un billet d'avion et hop, je vais prendre des vacances. Mais avant de faire mes bagages, dites-moi quel temps il fait en Côte d'Ivoire ?

D : Ah, c'est sûr, il fait plus chaud qu'en France. Mais attention, dans la zone des savanes, entre décembre et février il peut faire plus froid à cause d'un vent froid et sec, l'*harmattan*.

S : Bon, promis, j'emporterai un ou deux pulls alors ! Je pars, Claire. Bonnes vacances !

C : Ah, mais non non non ! Tu restes ici !

S : Pff ! Tu ne peux pas te passer de moi ! Bon, alors avant d'acheter mon billet dans une agence de voyage, je vous appellerai Dieudonné. Merci !

C : Merci Dieudonné ! Allez, au travail Stéphane !

PISTE 15 / CD 1 ▸▸ UNE ÉCRIVAIN CÉLÈBRE

COMPRÉHENSION ORALE

1 Escute e complete as frases.

1. L'écrivain que Stéphane et Claire vont présenter vient ▬▬▬▬.
2. Elle est née le ▬▬▬▬ au ▬▬▬▬.
3. Son père était ▬▬▬▬.
4. Elle a commencé à écrire à l'âge de ▬▬▬▬.
5. Le roman qui l'a fait connaître est ▬▬▬▬.
6. L'histoire du roman mentionné par Stéphane a lieu au ▬▬▬▬ en ▬▬▬▬.

2 Agora, marque todos os países mencionados na faixa.

- ☐ Côte d'Ivoire
- ☐ Laos
- ☐ Vietnam
- ☐ Népal
- ☐ Chine
- ☐ États-Unis
- ☐ Inde
- ☐ Bengladesh
- ☐ Cambodge
- ☐ Japon
- ☐ Pays-bas
- ☐ Royaume-uni

LEXIQUE

Les étapes de la vie

La naissance ▸ **naître** («nascer»)

La petite enfance (0 a 5-6 anos) ▸ **un nouveau-né** («um recém-nascido»), **un bébé** («um bebê»), **un petit enfant** («um/a menino/a pequeno/a»).

L'enfance (6 a 11-12 anos) ▸ **un petit garçon** («um menino»), **une petite fille** («uma menina»).

L'adolescence (12-13 a 17-18 anos) ▸ **un/e adolescent/e** (coloquialmente **ado**), **un/e mineur/e** («um/a menor»).

L'âge adulte ▸ **les « adulescents »** (neologismo que se refere aos adultos que se sentem adolescentes), **la trentaine, les trentenaires** («trintona/ões»).

La maturité ▶ **la quarantaine** («os quarenta anos»), **la cinquantaine** («os cinquenta anos»), **la soixantaine** («os sessenta anos»)...

Le mariage ▶ **se marier (avec quelqu'un)** («casar-se»), **se séparer (de quelqu'un)** («separar-se»), **divorcer** («divorciar-se»).

La grossesse («a gravidez») ▶ **attendre un bébé/un enfant** («esperar um bebê/uma criança»), **accoucher** («dar à luz»).

L'état civil ▶ **célibataire** («solteiro/a»), **marié/e** («casado/a»), **divorcé/e** («divorciado/a»), **veuf/veuve** («viúvo/a»).

La vieillesse ou **le troisième âge** ▶ **un vieux monsieur** («um homem idoso»), **une vieille dame** («uma mulher idosa»), **une personne âgée** («uma pessoa idosa»).

Expressions de temps

3 Veja estas expressões e coloque-as em sua coluna correspondente.

> le 3 août 1967 · les premières années de sa vie · son enfance
> après avoir vécu 5 ans · pour 3 ans · puis, à l'âge de 17 ans · à 17 ans
> depuis l'âge de 17 ans · en 1992 · quand elle avait une vingtaine d'années
> en 1989 · après des années d'absence · depuis 1992

Data ou início de um período	Período de tempo	Sequência

4 Complete esta breve biografia sobre a escritora Marguerite Duras.

> en juin 1947 · le 3 mars 1996 · pendant l'occupation · à partir de
> à l'âge de 15 ans · trois ans plus tard · enfance · en 1914 · puis · à partir de

Marguerite Duras, de son vrai nom Marguerite Donnadieu, est née .... à Gia Dinh, en Indochine et elle est morte .... à Paris. Elle passe une partie de son .... au Cambodge .... à Saigon, où sa mère est institutrice. .... , elle est envoyée en pension pour suivre des études secondaires au lycée Chasseloup Laubat de Saigon. .... , elle réussit son baccalauréat et quitte l'Indochine pour retourner en France, où elle commence des études. .... , elle habite à Paris, où elle fréquente d'autres intellectuels. .... , elle publie le livre qui va la révéler au grand public : *Un barrage contre le pacifique*, inspiré par sa vie en Indochine. D'autres romans suivent et .... 1958, elle commence sa collaboration avec le cinéma.

GRAMMAIRE

Pronoms compléments

5 Escute e complete as frases seguintes com o pronome que falta.

1. Son roman *Hygiène de l'assassin* .... a ouvert les portes de la célébrité.
2. Amélie Nothomb, on .... aime ou on .... déteste. Elle ne laisse pas indifférent.
3. Les journalistes .... consacrent des pages et des pages.
4. Il y .... a qui .... mettent sur un piédestal et ne .... font que des compliments.
5. D'autres .... attaquent, ... critiquent et on peut .... dire, ... veulent du mal.
6. Elle .... dit elle-même que c'est le seul roman où «personne n'a envie de massacrer personne».

6 Agora indique que palavra substitui cada pronome, com a preposição (quando necessário).

Le passé composé

O **passé composé** corresponde ao pretérito perfeito composto do português. Assim, «eu tenho ido» seria **je suis allé(e)**. Em francês, existe o equivalente ao pretérito perfeito simples, o **passé simple**, que só é usado, entretanto, em alguns textos literários e, geralmente, em textos muito formais.

7 Identifique na biografia de Amélie Nothomb os verbos no **passé composé**, colocando-os no quadro junto com o sujeito de cada verbo.

auxiliaire **avoir**	auxiliaire **être**	
	verbe simple	verbe pronominal

Accord du participe

Também vimos que, quando um verbo é conjugado com o auxiliar **être**, o particípio concorda em gênero e número com o sujeito.

Elle est all**ée** à la piscine lundi dernier.   *Ela foi à piscina na última segunda-feira.*
Ils sont venu**s** hier soir.   *Eles vieram ontem à noite.*

Quando conjugado com **avoir**, não há concordância entre sujeito e particípio.

Elles ont bien mang**é**.   *Elas comeram bem.*
Ils n'ont rien **vu**.   *Eles não viram nada.*

L'imparfait

Claire diz **Son père était consul** y **Amélie avait une vingtaine d'années**. Nesses dois casos, Claire emprega um tempo que ainda não conhecemos:

l'imparfait. Esse tempo é formado a partir da raiz verbal da primeira pessoa do plural (**nous**) do presente do indicativo + as terminações próprias do imperfeito. A única exceção a essa regra é o verbo **être**. As terminações do imperfeito são: **-ais, -ais, -ait, -ions, -iez** e **-aient**. Atenção! As terminações **-ais, -ait** e **-aient** são pronunciadas da mesma forma: /ɛ/. Vejamos alguns exemplos:

aimer ▶ nous **aim**ons (présent)			
j'	aim**ais**	nous	aim**ions**
tu	aim**ais**	vous	aim**iez**
il / elle / on	aim**ait**	ils / elles	aim**aient**

prendre ▶ nous **pren**ons (présent)			
j'	pren**ais**	nous	pren**ions**
tu	pren**ais**	vous	pren**iez**
il / elle / on	pren**ait**	ils / elles	pren**aient**

faire ▶ nous **fais**ons (présent)			
j'	fais**ais**	nous	fais**ions**
tu	fais**ais**	vous	fais**iez**
il / elle / on	fais**ait**	ils / elles	fais**aient**

Les pronoms relatifs : qui, que, où

Os pronomes relativos substituem grupos de palavras já mencionados. O pronome **qui** substitui pessoas ou coisas e sua função é de sujeito.

C'est son roman *Hygiène de l'assassin* **qui** lui a ouvert les portes de la célébrité.

Qui substitui *son roman Hygiène de l'assassin* e é o sujeito de **a ouvert**.

O pronome **que** substitui também pessoas ou coisas, mas sua função é de objeto direto. **Que** se transforma em **qu'** diante de vogal ou **h** mudo.

Les livres **qu'**elle a publiés sont traduits en 37 langues.

Que substitui *les livres* e é o OD de **a publiés**.

O pronome **où** substitui uma referência de lugar ou de tempo.

<u>Le pays</u> **où** elle a passé son enfance.
<u>L'année</u> **où** elle est retournée au Japon, elle est tombée amoureuse de Rinri.

8 Complete estas frases com os pronomes relativos **qui**, **que** ou **où**.

1. Je suis né en France ▮▮▮ j'ai passé toute mon enfance et mon adolescence. J'habitais dans un village ▮▮▮ se trouvait à quelques kilomètres de Montpellier.
2. Les livres ▮▮▮ tu lis ne m'intéressent pas beaucoup.
3. Regarde, c'est le pull ▮▮▮ j'ai acheté hier en solde.
4. Il y a des journalistes ▮▮▮ l'adorent et d'autres ▮▮▮ la critiquent.

Glossaire

absence	ausência	fictionnel/elle	fictício/a
ancêtre	antepassado	gâcher	estragar
attachement	vínculo, ligação	jaloux/ouse	ciumento/a
auteur	autor/a	journaliste	jornalista
avoir envie de	ter vontade de	largement	largamente
célébrité	celebridade, fama	magazine	revista
certainement	certamente, com toda certeza	mal du pays	nostalgia, saudade
		mêler	mesclar, misturar
cette fois-ci	desta vez	œuvre	obra
compliment	elogio	personne	ninguém
consacrer	dedicar	porte	porta
contenu	conteúdo	purement	meramente
côté + nom	quanto a	rire	riso
cours *inv.*	curso, aulas	roman	romance
depuis	desde	s'intituler	intitular-se
détester	odiar	séjour	estadia
écrivain *inv.*	escritor/a	sur le plan	no nível, no plano
elle-même	ela mesma	tremblement	tremor
faire exception à la règle	ser a exceção à regra	tube	tubo
		vingtaine	vintena
faire la connaissance de qqn	conhecer alguém	vouloir du mal à qqn	querer causar dano a alguém

Transcription

Stéphane : On reste dans la francophonie pour notre page littérature de la semaine. Cette fois-ci, on retourne en Belgique, pour vous présenter une de ses écrivains les plus connues sur le plan international.

Claire : Oui Stéphane, elle est née le 3 août 1967 à Kobe, au Japon, où elle a passé les premières années de sa vie et pour lequel elle a toujours conservé un attachement particulier. Comme son père était Consul de Belgique, elle a passé son enfance à voyager de pays en pays. Après avoir vécu 5 ans au Japon, elle s'est installée en Chine pour 3 ans, puis elle a habité aux États-Unis, et en Asie du sud-est : au Laos, en Birmanie et au Bengladesh. Savez-vous qu'en fait, elle n'a découvert le pays de ses ancêtres qu'à l'âge de 17 ans ?

S : ... à 17 ans ?

C : Oui, oui, Stéphane, c'est incroyable, non ? Côté carrière, eh bien... elle a déjà publié 17 ou 18 romans depuis 1992 mais elle dit qu'elle écrit depuis l'âge de 17 ans et qu'elle a écrit beaucoup plus de livres que ceux qu'elle a publiés. Ses romans sont traduits dans 37 langues différentes à travers le monde. C'est son roman *Hygiène de l'assassin*, publié en 1992, qui lui a ouvert les portes de la célébrité...

S : ... et qui a aussi ouvert les portes à la polémique car c'est un auteur qui ne laisse pas indifférent et on l'aime ou on la déteste. Les journalistes lui consacrent des pages et des pages dans les journaux et les magazines mais il y en a qui la mettent sur un piédestal, qui ne lui font que des compliments, et d'autres qui l'attaquent et la critiquent et on peut le dire, qui lui veulent du mal.

C : Des jaloux ? Alors, vous l'aurez certainement deviné. Il s'agit d'Amélie Nothomb, que certains de nos auditeurs connaîtront certainement déjà j'en suis sûre. Son oeuvre mêle les contenus ouvertement autobiographiques, comme dans *Stupeurs et tremblements*, *Biographie de la faim* ou *Métaphysique des tubes* entre autres, et ceux qui sont purement fictionnels.

S : Mais aujourd'hui nous voulons vous parler d'un de ses romans qui fait exception à la règle. Elle en dit elle-même que c'est « la première fois qu'elle a écrit un livre où personne n'a envie de massacrer personne ». Il s'intitule *Ni d'Eve, ni d'Adam* et, sans être totalement autobiographique, il est largement inspiré du séjour de l'écrivain au Japon quand elle avait une vingtaine d'années.

C : Nous sommes en 1989, Amélie, 21 ans, poussée par le mal du pays, retourne au Japon de son enfance après des années d'absence, et fait la connaissance d'un jeune Japonais de bonne famille à qui elle donne des cours de français. De cet échange linguistique va naître une histoire d'amour qui finira...

S : ... ça, vous le saurez si vous lisez le livre ! Ne gâche pas le plaisir de nos auditeurs, Claire !

C : C'est vrai.

PISTE 16 / CD 1 ▶▶ LA PUB 2

COMPRÉHENSION ORALE

❶ Vrai ou faux ?

	Vrai	Faux
1. La publicité présente un shampoing.		
2. La femme qui parle du produit l'utilise pour se maquiller.		
3. Le produit contient de l'extrait d'huile d'olive.		
4. Il est adapté aux peaux sensibles.		
5. La femme est satisfaite du produit.		
6. On peut acheter ce produit dans les grands magasins.		

LEXIQUE

Hygiène et beauté

❷ Relacione as fotos com os nomes dos produtos.

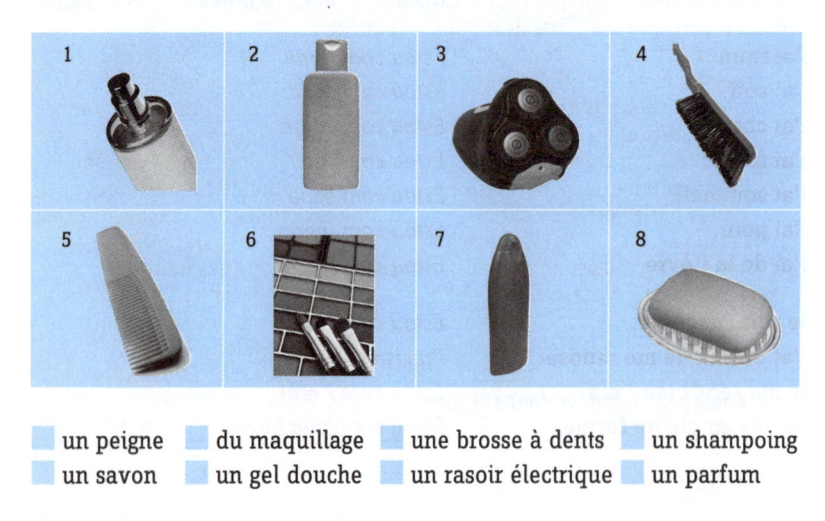

| 1 | 2 | 3 | 4 |
| 5 | 6 | 7 | 8 |

■ un peigne   ■ du maquillage   ■ une brosse à dents   ■ un shampoing
■ un savon   ■ un gel douche   ■ un rasoir électrique ■ un parfum

Agora escreva o verbo correspondente a cada fotografia.

> se peigner · se brosser les dents · se raser · se laver · se laver les mains
> faire un shampoing · se maquiller · se parfumer

1		5	
2		6	
3		7	
4		8	

GRAMMAIRE

Le corps et les sensations

Para expressar dor ou sensação física, são utilizadas expressões como:

J'ai mal à la tête.	*Estou com dor de cabeça.*
J'ai mal au dos.	*Estou com dor nas costas.*
J'ai mal au ventre.	*Estou com dor de barriga.*
J'ai mal aux jambes.	*Estou com dor nas pernas.*
J'ai mal aux yeux.	*Estou com dor nos olhos.*
J'ai faim.	*Estou com fome.*
J'ai soif.	*Estou com sede.*
J'ai chaud.	*Estou com calor.*
J'ai froid.	*Estou com frio.*
J'ai sommeil.	*Estou com sono.*
J'ai peur.	*Estou com medo.*
J'ai de la fièvre.	*Estou com febre.*
Je suis fatigué/e.	*Estou cansado/a.*
J'ai besoin de me reposer.	*Preciso descansar.*
Je me sens bien / mal.	*Estou bem / mal.*
Je suis en pleine forme.	*Estou em plena forma.*

3 Complete as frases e as palavras cruzadas.

Horizontal

1. J'ai mal aux .... ; je dois aller chez le dentiste.
5. Je n'ai pas mangé depuis ce matin : j'ai très ....
7. Partie du corps utilisée pour prendre/attraper/tenir quelque chose.
9. Je suis un peu fatiguée : je vais me ....
10. Chaque personne en a deux, nécessaires pour marcher.

Vertical

2. J'ai bu beaucoup d'eau aujourd'hui : j'ai .... d'aller aux toilettes.
3. Berthe a mal dormi, elle a ....
4. Il court beaucoup : il a des .... très musclées.
6. Personne qui soigne les malades.
8. Il va très bien : il est en pleine ....

Exprimer des sentiments

No anúncio aparecem verbos, como **irriter** («irritar»), **démanger** («pinicar»), **plaire** («gostar»), e a construção **rendre** + adjetivo («deixar») etc., que são utilizados com a forma impessoal na terceira pessoa, **ça me**.

Ça m'irrite la peau. *Isso irrita a minha pele.*
Ça me rend nerveuse. *Isso me deixa nervosa.*
Ça me démange et j'ai envie de gratter. *Isso me pinica e me deixa com vontade de coçar.*

Ça me plaît beaucoup. *Gosto muito disso.*

Outros verbos desse tipo são **amuser** («divertir»), **déranger** («incomodar»), **gêner** («atrapalhar»), **énerver** («deixar nervoso»), **agacer** («irritar») etc.

Les blagues*, **ça m'amuse** beaucoup ! *As piadas, isso me diverte muito!*

*Note que, mesmo estando **les blagues** no plural, o verbo concorda com **ça**, daí ser conjugado no singular.

4 Complete o diálogo com **agacer**, **déranger**, **plaire**, **amuser** ou **rendre**.

• On va acheter un cadeau à Julie. Comme elle change de parfum tous les mois, on pourrait lui acheter la dernière eau de toilette de Givenchy. Qu'est-ce que tu en penses ?
• Ah oui, cette odeur me _____ beaucoup, je suis sûre qu'elle aimera ! Et puis en ce moment, elle est très occupée. Son patron n'arrête pas de râler alors ça la _____ nerveuse.
• Oui, tout l'_____ en ce moment ! En plus du parfum, on pourrait trouver une BD drôle ! Les histoires drôles, ça l'_____ beaucoup. Comme ça elle pensera moins à son travail.
• Parfait ! Alors on va faire les boutiques cet après-midi ? Ma voiture est en   panne. Ça ne te _____ pas de venir me chercher ?
• Pas du tout. Je viens te chercher vers 16 heures ?
• D'accord! À tout à l'heure!

La boîte à mots

Il suffit de...	Basta... / É só...
plus	não mais (*não se pronuncia o s final*), mais (*pronuncia-se o s final*)
sans hésiter	sem hesitar

Glossaire

agréable	agradável	amande	amêndoa
agressif/ive	agressivo/a	avoir l'air	parecer

boîtier	caixa	peau	pele
crémeux/euse	cremoso/a	picoter	irritar
de plus	além disso	poudre f.	pó
démanger	irritar, pinicar	poudreux/euse	em pó
du coup	por isso, então	ranger	guardar, colocar
étonnant/e	surpreendente	recharge	refil
extrait	extrato	rendre	deixar
fond de teint	base (de maquiagem)	nerveux/euse	nervoso/a
garder	guardar	rougeur	vermelhidão
grand magasin	loja de departamentos	sac à main	bolsa
gratter	coçar	sain/e	sadio/a
huile	óleo	se maquiller	maquiar-se
la mienne	a minha	soir m.	tarde, noite
mat	fosco/a, opaco/a	tâcher	manchar
mi-	semi-	tirailler	puxar
nourrir	nutrir	tirer	esticar
pâle	pálido/a	vêtement	roupa
parfait	perfeito	visage	rosto

Transcription

Voix A : Quand je vais travailler ou quand je sors le soir, je me maquille et je mets toujours une poudre compacte sur mon visage. Sinon j'ai vraiment l'air pâle. Mais je ne suis pas contente. Ma poudre est trop sèche. Alors, ça m'irrite la peau, ça la tire et ça picote. Ça me rend nerveuse aussi, ça me démange et j'ai envie de gratter. Du coup, je ne suis plus pâle mais j'ai des rougeurs. Et je préfère la poudre parce que en principe c'est plus agréable que le fond de teint et c'est moins agressif pour la peau. Mais là, je ne sais plus quoi faire.

Voix B : Vous cherchez une solution pour votre peau ? Utilisez la poudre Beauté ! Plus d'irritation, plus de rougeur. C'est une poudre étonnante. Sa texture mi-poudreuse, mi-crémeuse la rend très agréable à appliquer. Votre peau n'est plus tiraillée et grâce à sa formule riche en extrait d'huile d'amande douce, vous aurez une peau nourrie et hydratée. De plus, on adore son côté pratique ! Le boîtier est facile à ranger dans son sac à main et une fois la poudre terminée, il suffit d'acheter une recharge. Facile non ?

Voix A : Ah oui ! Maintenant ma peau est plus douce qu'avant. Mon teint est plus mat et j'ai l'air plus en forme. Et puis la poudre Beauté ne tâche pas mes vêtements. C'est parfait. Ah ... et puis l'idée du boîtier, ça me plaît beaucoup. On le garde, c'est vraiment pratique. Je pense que c'est la poudre la plus adaptée aux peaux sensibles comme la mienne. Sans hésiter, je choisis la poudre Beauté pour un maquillage parfait et pour garder une peau saine.

Voix C : Poudre Beauté disponible en grands magasins et parfumeries ou sur www.poudrebeauté.fr.

PISTE 17 / CD 1 ▶▶ ON A GAGNÉ !

COMPRÉHENSION ORALE

❶ Vrai ou faux ? Leia as frases e indique se são verdadeiras ou falsas.

	Vrai	Faux
1. L'événement sportif évoqué par Stéphane a eu lieu il y a douze ans.		
2. Stéphane parle de la Coupe du monde de football de 1998.		
3. Claire est aussi enthousiaste que Stéphane au sujet de l'événement.		
4. Seb' dit qu'il n'aimait pas le football à l'époque.		
5. Seb' était tout seul le soir de la finale.		
6. Il y avait une ambiance incroyable dans les rues ce jour-là.		
7. Seb' a vu un garçon qui ne portait pas de vêtements dans une fontaine.		
8. Richard est un passionné de football.		
9. Richard se trouvait à l'étranger le soir de la finale.		
10. Selon Richard, les Français sont très fiers de leur drapeau et l'utilisent souvent.		
11. Richard pense que la victoire nationale a rapproché les Français d'origines diverses.		
12. Marie vivait à Londres au moment de l'événement.		
13. À l'époque elle était serveuse dans un pub.		
14. Elle avait l'habitude d'aller voir les matchs avec ses amis.		
15. Les clients anglais de Marie pensaient que la France allait gagner contre le Brésil.		
16. Bernard partage l'enthousiasme des autres auditeurs.		
17. Bernard pense que le sport est une vraie solution à l'intégration des jeunes issus de l'immigration.		

LEXIQUE

Expressions en français oral et familier

2 As pessoas que telefonam para o programa falam um francês bastante coloquial. Escute novamente a faixa e coloque as palavras e expressões em seu lugar correspondente. Em seguida, escreva também seu equivalente na língua padrão.

> ~~mes potes~~ · la compét' · le foot · un copain · super grand · des trucs
> laisser tomber · trop fort · l'appart · y'avait · les Blacks, Blancs, Beurs
> en faire toute une histoire · un tas de

Familier		Courant	
Português	Français	Português	Français
meus colegas	**mes potes**	meus amigos	mes amis
o futebol		o futebol	le football
um colega		um amigo	
fazer tempestade em copo d'água		dar demasiada importância a algo	donner trop d'importance à quelque chose
um montão de		muito/a/os/as	
trocar		abandonar, deixar	abandonner
a competição		a competição	
o apê		o apartamento	
supergrande		muito grande	très grand
tinha		havia	
coisas		coisas	
muito louco, alucinante		incrível	incroyable
os negros, os brancos, os magrebinos		os negros, os brancos, os magrebinos	les Noirs, les Blancs, les Maghrébins

Algumas dessas expressões provêm da linguagem coloquial dos bairros de cidades como Paris. **Beur**, por exemplo, refere-se a uma pessoa de origem magrebina (norte da África) e é o *verlan* de **arabe**. O *verlan* é uma maneira de falar que consiste em inverter as sílabas das palavras (de maneira mais ou menos flexível) para obter uma nova palavra. Assim, por exemplo, **meuf** é o *verlan* de **femme** («mulher»), **keum**, de **mec** («menino») e **keuf**, de **flic** («policial»). Outras palavras, como **appart** ou **compét'**, são versões reduzidas de palavras maiores: **appartement** e **compétition**, nesse caso.

N'importe

Sébastien diz **C'était n'importe quoi dans l'appart**, que significa que a situação estava muito descontrolada, que as pessoas faziam «qualquer coisa». **N'importe** combina com palavras como **quoi**, **qui**, **où** ou **quand** para expressar a falta de importância, o desinteresse ou a reprovação.

Arrête de dire **n'importe quoi**.	*Pare de dizer asneiras.*
Elle sort toujours avec **n'importe qui**.	*Ela sempre sai com qualquer um.*
On peut manger **n'importe où**.	*Podemos comer em qualquer lugar.*
On peut aller au cinéma **n'importe quand** ce week-end.	*Podemos ir ao cinema em qualquer momento deste fim de semana.*

Les verbes **se rappeler** et **se souvenir**

Os verbos **se rappeler** («recordar-se») e **se souvenir** («lembrar-se») apresentam estruturas diferentes: **se rappeler** + objeto direto, **se souvenir** + **de** + sintagma nominal.

Je ne **me rappelle** pas son nom.	*Não recordo o seu nome.*
Je ne **me souviens** pas **de** son nom.	*Não me lembro do seu nome.*

se rappeler	se souvenir
je me rappelle	je me souviens
tu te rappelles	tu te souviens
il / elle / on se rappelle	il / elle / on se souvient
nous nous rappelons	nous nous souvenons
vous vous rappelez	vous vous souvenez
ils / elles se rappellent	ils / elles se souviennent

GRAMMAIRE

Situer dans le temps

Como em português, as expressões temporais variam de acordo com o ponto de referência. Não usamos as mesmas expressões se o ponto de referência é um momento no presente ou um momento no passado. Na página seguinte, você encontrará alguns exemplos de como essas expressões mudam caso se adote um ou outro ponto de referência.

Ponto de referência = momento presente	Ponto de referência = um momento passado
aujourd'hui	**ce jour-là**
hier	**la veille**
avant-hier	**l'avant-veille**
demain	**le jour suivant / le lendemain**
après-demain	**deux jours plus tard / le surlendemain**
il y a / ça fait une semaine que...	**il y avait / ça faisait** une semaine que...
la semaine **dernière**, le mois **dernier**, l'année **dernière**	la semaine **précédente**, le mois **précédent**, l'année **précédente**
lundi **dernier**	le lundi **précédent**
la semaine **prochaine**, le mois **prochain**, l'année **prochaine**	la semaine **suivante**, le mois **suivant**, l'année **suivante**

Raconter au passé : passé composé et imparfait

Sébastien utiliza o **imparfait** quando diz **J'étais avec tous mes amis** e o **passé composé** quando diz **Quand Zizou a marqué, j'ai su qu'on était champions**. Em faixas anteriores, já vimos esses tempos do passado. Lembre-se de que o **passé composé** é um tempo composto que, em português, equivale ao pretérito perfeito composto. O **imparfait** é um tempo simples que corresponde ao pretérito imperfeito.

O **passé composé** é empregado para falar de acontecimentos sucessivos ou pontuais.

Hier, je **me suis levé(e)** à 8 heures, j'**ai pris** une douche et je **me suis habillé(e)**. Je regardais la télé et tout à coup le téléviseur **a explosé** !	Ontem me levantei às 8 h, tomei um banho e me arrumei. Eu estava vendo tevê e de repente a televisão explodiu.

O **imparfait** é empregado para descrever uma pessoa ou uma ação no passado e para falar de costumes ou hábitos no passado.

Ce jour-là, il **pleuvait** et il **faisait** froid.	Nesse dia chovia e fazia muito frio.
Quand **j'étais** petit, je **suçais** mon pouce.	Quando eu era pequeno, chupava o dedo.

❸ Complete as frases conjungando os verbos no **passé composé** ou no **imparfait**.

1. Quand il .... **(rentré)** chez lui, sa femme .... **(être)** en train de préparer le dîner.
2. Le téléphone .... **(se mettre)** à sonner au moment où j'............................ **(aller)** sortir.
3. Elle .... **(être)** si pressée de sortir qu'elle .... **(oublier)** ses clés dans l'appartement !
4. Il .... **(se réveiller)** de bonne heure et il .... **(aller)** nager à la piscine avant d'aller travailler.

La boîte à mots

Les Blacks, Blancs, Beurs referem-se, de modo coloquial, à miscigenação de etnias da população francesa atual: **les Blacks** são os franceses de origem africana ou caribenha; **les Blancs** são os franceses de origem francesa ou europeia; e **les Beurs**, os franceses de origem magrebina.

Allô ?	Alô?
au bout du compte	No final das contas
Ce n'est pas ma tasse de thé.	Não é a minha (*figurado*)
entente cordiale *f.*	*entente cordiale*
être en train de + infinitif	estar + gerúndio
faire la tête	estar aborrecido
Le drame !	Um drama!
Qui est a l'appareil ?	Quem fala? (*ao telefone*)
retour en arrière	voltar no tempo

Glossaire

à l'époque	nessa época
accuser	acusar
ambiance	ambiente
appareil	aparelho
appart *abrv.*	apartamento (apê)
bière	cerveja
but	gol
canapé	sofá
carrément	francamente
ce jour-là	naquele dia
champion	campeão
championnat	campeonato
changer d'avis	mudar de opinião
chauvin	chauvinista
choisir son camp	tomar partido
clair/e	claro/a
commander	pedir, encomendar
compét' *abrev.*	competição
concorde	entendimento
contagieux/euse	contagioso/a
coup de pied	pontapé
coupe	copa
crier	gritar
délire	delírio, loucura
déprimé/e	deprimido/a
drapeau/x	bandeira/s
écran *m.*	tela, visor
entente *f.*	acordo, harmonia
envahir	invadir
équipe nationale	seleção nacional
être en ligne	estar na linha (telefone)
euphorie	euforia
faire appel à	fazer uma solicitação
fameux/euse	famoso/a
fêter	celebrar, festejar
fier/fière	orgulhoso/a
fontaine	fonte
foot *abrev.*	(football) futebol
fou/folle	louco/a
foule	multidão
franchement	francamente
gagner	ganhar
honnêtement	sinceramente
hystérique	histérico/a
inonder	inundar
inoubliable	inesquecível
jouer	jogar
laisser tomber	deixar estar, esquecer
livreur/euse	entregador/a
mécontent/e	insatisfeito/a
montrer	mostrar
nu/nue	nu/a
palais	palácio
pathétique	patético/a
perdre	perder
plat/e	plano/a
pote *fam.*	companheiro, amigo
rarement	poucas vezes
se remettre en question	questionar-se
se retrouver	encontrar-se, ficar
solidarité	solidariedade
sortir	tirar
soutenir	apoiar
sportif/ive	esportivo/a
tas	montão
tournoi	torneio
tricolore	tricolor (*em referência ao bleu, blanc, rouge da bandeira francesa*)
troisième	terceiro/a
truc	coisa
vendredi	sexta-feira
victoire	vitória
voici	aqui está, eis
Zizou	(*diminutivo do ex-jogador*) Zinedine Zidane

Transcription

Stéphane : Et voici le temps pour nos auditeurs de faire un petit retour en arrière. Enfin, je dis petit mais ça fait déjà dix ans, comme le temps passe, n'est-ce pas Claire ?

Claire : Oui, oui, oui, dix ans déjà. C'était un dimanche, le 12 juillet pour être exacte et l'année, 1998. Vous y étiez ? Que faisiez-vous ce jour-là ? Vous vous en souvenez ?

S : Mais de quoi ? Se demandent nos auditeurs. Eh bien, de la Coupe du monde de football de 1998, bien sûr ! Victoire ! Victoire de la France ! Moment inoubliable pour tout un pays !

C : Stéphane, calme-toi ! On va nous accuser d'être chauvins.

S : Non Claire, pas du tout, là... c'est une occasion d'être fiers, non ? Et puis, c'est du sport.

C : Oui... Ouf...

S : Bon, comme je vois que tu n'as pas l'air convaincue, nous allons faire appel à nos auditeurs pour essayer de te faire changer d'avis. Certains sont déjà en ligne. Allô ? Qui est à l'appareil ?

Sébastien : C'est Seb, Sébastien, de Valence, dans la Drôme.

C : Bonjour Sébastien. Alors, dites-nous : où étiez-vous ce fameux 12 juillet 1998, le jour de la finale de la Coupe du monde de football ?

Seb : Eh ben... j'étais avec tous mes potes, mes copains, ceux du foot, parce que je faisais partie d'un club à l'époque. On faisait de la compét', des championnats, et donc là... c'est clair, on était tous comme des fous ! Les matchs précédents, c'était déjà incroyable alors là... on était vraiment impatients ! On s'est tous retrouvés chez un copain qui avait un écran plat super grand, pour mieux voir le match. On avait des bières et des trucs à manger. On voulait commander des pizzas mais évidemment les livreurs, ils voulaient voir le match aussi. Alors finalement on a laissé tomber. Et quand Zizou a marqué, j'ai su qu'on était les champions. C'était trop fort ! On s'est tous levés du canapé en même temps en criant « Buuut! » C'était n'importe quoi dans l'appart. On a fini nos bières et on est tous sortis dans la rue pour fêter ça avec toute la ville. Y'avait des gens partout... Le délire ! J'ai même vu un type tout nu dans une fontaine en train de crier « On a gagné ! » ...

S : Merci Seb pour ce témoignage. On a aussi quelqu'un de Paris en ligne. Allô ? Richard ?

Richard : Oui. Allô ? Bonjour à tous les deux et j'adore votre émission. Très intéressante !

S : Merci Richard. Alors, vous, ce jour-là, vous étiez où ?

R : Eh bien moi, à Paris. Je suis... en fait voilà... normalement le football... ce n'est pas tellement ma tasse de thé mais vous savez ce que c'est... je me suis laissé influencer par des amis qui soutenaient notre équipe nationale : Zidane, Henry, Trézéguez, Blanc, Deschamps, Barthez et les autres. Moi, qui ne les connaissais pas deux semaines plus tôt, ils faisaient presque partie de la famille à la fin du tournoi.

S : Et comment c'était la fête, l'ambiance, à Paris ?

R : Oh... incroyable, inoubliable. Des milliers et des milliers de gens ont envahi les rues dès que le troisième but a été marqué. Les Champs Elysées,

la Place de la Concorde, la Bastille... la foule a inondé la ville, je n'avais jamais vu ça. Et surtout, il y avait des drapeaux tricolores partout... alors que... bon... normalement, en France, notre drapeau on le sort rarement et là... non, là... tous ces gens avaient l'air unis par cette victoire sportive. Les « blacks, blancs, beurs », comme on dit, ils étaient tous unis à une équipe de France multicolore. Non... vraiment, une impression de fraternité et de solidarité qu'on ne voit pas tous les jours. Et une euphorie très contagieuse.
S : Merci Richard ! Et maintenant une jeune femme qui nous appelle de l'étranger, je crois ?
Marie : Oui. Bonjour. Je m'appelle Marie et j'appelle de Londres.
S : De Londres ?
M : Oui, j'habite à Londres depuis 1995 et donc j'étais là-bas à l'époque. Je travaillais dans une sandwicherie très connue de la ville à *Fleet Street*, juste à côté du Palais de justice. Mes amis et moi on allait tous les soirs au pub dès qu'on finissait notre journée pour regarder les matchs. C'était vraiment super parce qu'on était très mélangés... je veux dire... il y avait des Italiens, des Anglais, évidemment des Français, des Espagnols, des Scandinaves... Bref, à chaque match il fallait choisir son camp. Si ton équipe nationale ne jouait pas alors tu soutenais celle de ton meilleur ami. Ça changeait évidemment souvent. Et puis est venu le moment où le coup de pied de Beckham a fait éliminer l'Angleterre. Le drame ! Tous mes clients anglais étaient déprimés et ils sont devenus encore plus mécontents quand la France s'est retrouvée en finale contre le Brésil. Le vendredi avant la finale je me rappelle que presque tous ceux qui sont venus m'ont dit « Pfff, contre le Brésil, vous allez perdre, c'est sûr ! » Alors vous imaginez la tête qu'ils faisaient tous le lundi suivant en venant acheter leurs cappuccinos...
S : Ah, l'entente cordiale ! Allez, un dernier témoignage. Allô ?
Bernard : Allô ? C'est Bernard, de Lille. Oui... Alors, moi, franchement je trouve qu'il n'y a pas de quoi en faire toute une histoire. C'est vraiment n'importe quoi ! Le foot, c'est un sport, c'est tout. Franchement, voir des gens complètement hystériques parce que l'équipe de France a gagné un tournoi, je trouve ça carrément pathétique ! Et cet auditeur qui nous parle de sentiment de solidarité et de fraternité... Qu'est-ce qu'il croit, honnêtement ? Il croit vraiment ce qu'il dit, là ? Forcément on y met des « Français d'origine X ou Y » comme on dit, hein ? On mélange tout un tas d'origines pour montrer aux gens qu'en France on est aussi champions de l'intégration mais au bout du compte, qu'est-ce que ça change, hein ? Deux jours plus tard et tout est comme avant... là... non, non et non !
S : Bon, eh bien, merci Bernard pour cette opinion différente du reste. C'est intéressant de se remettre un peu en question aussi... Alors Claire, convaincue ?
C : Je ne sais pas. J'ai une meilleure idée. Et si on changeait de sujet ? Qu'est-ce que tu en dis ?

PISTE 18 / CD 1 ▶▶   FAN ET STAR

COMPRÉHENSION ORALE

1 Vrai ou faux?

	Vrai	Faux
1. « Fan et star unis pour un jour » est un concours.		
2. Camille a passé une matinée entière avec sa star préférée.		
3. Alex Braque est un acteur.		
4. L'emploi du temps d'Alex est très chargé.		
5. Camille ne connaissait pas les chansons d'Alex quand elle était petite.		
6. Camille et Alex ont pris le petit-déjeuner tout seuls.		
7. Le premier rendez-vous d'Alex est à 8 heures 15.		
8. Selon Camille, la journaliste du magazine *Musique* a été indiscrète.		
9. Alex a dédicacé une photo pour Camille.		
10. Camille connaît toutes les chansons d'Alex par cœur.		
11. Camille a pleuré parce qu'elle n'a pas chanté avec Alex.		
12. Alex a fait une séance de sport parce qu'il prépare une tournée.		
13. Camille est rentrée chez elle à 22 heures.		
14. Claire aimerait participer au concours.		

LEXIQUE

C'est / C'était

Na faixa, Camille explica que foi muito emocionante conhecer seu cantor preferido. Ela diz: **C'était vraiment passionnant !** Com **C'est** (presente) ou **C'était** (passado) expressamos uma valoração sobre algo.

C'est ou **c'était**	génial	beau	horrible
	super	magnifique	laid
	sympa	intéressant	nul

La télévision

2 Observe esta grade e relacione os tipos de programa com sua descrição.

TF1	France 2	France 3	CANAL+	ARTE	M6	France 4	France 5
20:45	20:35	20:00	20:50	20:50	20:40	20:35	20:35
Match de foot : France - Espagne	**Téléfilm** *Taxi*	**Journal télévisé (JT)**	**Ça se soigne Comédie** de Laurent Chouchan	Iran **Documentaire**	*Trois pères à la maison* **Téléfilm** français	**Télé-réalité**	« Votre avis » **Débat télévisé** présenté par Jeanne Bareau
	22:10	20:35					
	Tirage du Loto	**Magazine** présenté par Xavier Denis					
23:00	22:20	22:25	22:10	23:10	22:30	22:35	22:40
Série « 24 »	**Jeu télévisé** animé par Luc Guérin	**Météo**	**Film** *Astérix aux Jeux Olympiques*	« Le cercle » **Drame** irano-italo-suisse	« Enquête exclusive » **Magazine**	**Spectacle**	Tex avery **Dessin animé**

---

le jeu télévisé · un film · un magazine · un dessin animé · une série · la météo
un téléfilm · un drame · une comédie · le tirage du Loto · un débat télévisé
le journal télévisé · un documentaire · une émission de télé-réalité

---

1. présentation des informations
2. fiction
3. fiction triste
4. fiction comique
5. fiction conçue pour la télévision
6. émission régulière à la télévision
7. discussions entre un groupe d'invités
8. un programme qui montre la vie quotidienne des gens
9. programme animé pour enfants
10. un film qui enseigne
11. présente le temps
12. présentation de numéros gagnants
13. émission où des candidats jouent pour gagner un prix
14. téléfilm découpé en plusieurs épisodes

GRAMMAIRE

Passé composé : l'accord du participe passé

O particípio é invariável quando não há OD ou quando o OD vem depois do verbo.

Elles ont tout **mangé**.
Elles ont **mangé** des cerises.

O particípio concorda com o OD quando este precede o verbo ou quando substituímos o OD por um pronome que vai antes do verbo.

<u>Les cerises</u> qu'elles ont **mangées**.
Elles ont mangé des cerises. ▸ Elles <u>les</u> ont **mangées**.
Il a embrassé Anne. ▸ Il <u>l</u>'a **embrassée**.

Expressions de temps

Depuis
Com **depuis** expressamos o ponto de partida de uma ação ou estado que dura até hoje. Normalmente é traduzido como «desde».

Elle est fan d'Alex **depuis** 2002.   *Ela é fã do Alex desde 2002.*

Depuis também pode ser usado com **que** + sujeito + verbo.

Depuis qu'il a 12 ans...   *Desde que tem 12 anos...*
Depuis qu'il a comencé...   *Desde que começou...*

Pendant
Com **pendant** («durante») expressamos a duração de uma ação.

Lundi dernier, j'ai fait du sport   *Segunda-feira passada pratiquei*
pendant trois heures.   *esporte durante três horas.*

Il y a
Il y a situa uma ação no passado. Normalmente é traduzido como «faz».

Je suis parti d'Italie **il y a** trois ans. *Parti da Itália faz três anos.*
Elle est arrivée **il y a** deux jours. *Chegou faz dois dias.*

Também podem ser empregadas as construções **ça fait** + tempo (duração) + **que** ou **il y a** + tempo (duração) + **que**:

Il travaille sur ce projet **depuis** dix ans. = **Ça fait** dix ans **qu'**il travaille sur ce projet. / **Il y a** dix ans **qu'**il travaille sur ce projet.

Dans

Seguido de uma expressão de duração, **dans** projeta a ação no futuro. Normalmente é traduzido como «dentro de» ou «em».

Je rentrerai **dans** trois mois. *Voltarei dentro de três meses.*
Il sera en vacances **dans** cinq jours. *Entrará de férias em cinco dias.*

En

Para indicar tempo de realização de uma ação, usamos **en**.

Je termine un sudoku **en** cinq minutes. *Eu termino um sudoku em 5 minutos.*
Je faisais 10 km de course à pied **en** 1 h. *Eu fazia 10 km a pé em uma hora.*

Quand

Quand equivale a «quando».

Quand elle reste seule à la maison, elle écoute de la musique classique. *Quando ela fica em casa, ouve música clássica.*

Avant de + infinitif / avant + nom

Em português, quando falamos de uma ação anterior, no passado, em ambos os casos empregamos «antes de».

J'ai rangé tout l'appartement **avant de** préparer le repas. *Arrumei todo o apartamento antes de preparar a comida.*
Avant la fête, je suis allé chercher Eric. *Antes da festa, fui buscar o Eric.*

❸ Complete com **dans, pendant, depuis, il y a, ça fait ... que** ou **en**.

1. Nous avons visité le musée Picasso _____ une heure et demie.

2. Elle a étudié le japonais ▇▇▇ trois ans.
3. ▇▇▇ cinq ans ▇▇▇ il a divorcé.
4. Camille connaît Alex Braque ▇▇▇ longtemps.
5. Ils l'ont rencontré ▇▇▇ quatre mois.
6. Claire travaille à la radio ▇▇▇ 2003.
7. ▇▇▇ le voyage, ils ont pris beaucoup de photos.
8. Elle a gagné le concours ▇▇▇ une semaine.
9. Il y a trop d'embouteillages ! Nous arriverons ▇▇▇ deux heures.
10. Elle fait de la plongée ▇▇▇ deux ans.

Organiser le récit dans le temps

Para indicar a sucessão de acontecimentos em um relato, usamos as seguintes partículas: **d'abord** para introduzir o tema ou a situação; **ensuite**, **puis** ou **après** para desenvolvê-lo, e **finalement**, **enfin** ou **à la fin** para concluí-lo.

La boîte à mots

avis aux amateurs	aviso aos aficionados
Ça te/vous dit de + infinitif ?	Você gosta de + infinitivo?
être aux anges	estar na glória
faire la bise	cumprimentar com beijo no rosto
Je n'arrivais pas à y croire.	Eu não podia acreditar.
mettre quelqu'un à l'aise	tranquilizar alguém
par cœur	de cor, de memória

Glossaire

ange	anjo	ému/e	emocionado/a
apéro *abrev.*	(apéritif) aperitivo	enregistrement	gravação
assurer	assegurar	entendre	escutar
aucun/e	nenhum/a	entier/ière	inteiro/a
avoir hâte	ter pressa	entretien	entrevista
avoir le droit de	ter direito a, estar autorizado/a	envoyer	enviar
		épuisant/e	cansativo/a
cadeau	presente	être destiné à	destinado (exclusivamente) a alguém
chanson	canção		
concours	concurso	être ravi/e pour qqn	alegrar-se por alguém
dédicacer	dedicar		
dizaine	dezena	gagnant/e	ganhador/a

joie	alegria	remplir	encher
magazine	revista	rêver	sonhar
oser	atrever-se	rigoler	rir, brincar
ouais *col.*	(oui) sim	s'inscrire	inscrever-se
poser une question	fazer uma pergunta	se mettre à pleurer	pôr-se a chorar
proposer	propor	souriant/e	sorridente
rater	perder	tournée	turnê (musical)
rejoindre	reunir-se com alguém		

Transcription

Claire : Stéphane, tu te souviens de Camille ?

Stéphane : Bien sûr ! L'heureuse gagnante de notre concours « Fan et star unis pour un jour ». Elle doit avoir plein de choses à nous raconter !

C : Eh oui ! Lundi dernier Camille a eu la chance de pouvoir passer une journée entière avec sa star préférée, Alex Braque. Et je vous l'assure, l'agenda d'une star de la chanson est bien rempli.

S : En effet, Camille va nous raconter les moments trépidants de cette aventure unique. Vous êtes en directe Camille. Bonjour !

Camille : Bonjour à vous deux.

C : Alors comment s'est passée cette journée ?

Ca : Ah, je n'ai pas de mots pour le définir. C'était vraiment passionnant. Quand j'étais petite, je rêvais de me marier avec Alex. Je suis fan depuis toujours, je connais tous ses albums et je ne rate aucun concert. Alors, j'étais très émue avant de le retrouver.

S : Ah évidemment ! C'est un moment unique. Allez racontez-nous !

Ca : Eh bien, d'abord, le lundi à 8h30, l'agent d'Alex est venu me chercher en voiture et nous sommes allés directement chez Alex pour prendre le petit déjeuner ensemble. Quand je suis arrivée, je n'arrivais pas à y croire ! Au début, je n'osais pas parler mais Alex m'a fait la bise. Il était très souriant et très vite, il m'a mise à l'aise. Il m'a félicitée pour le concours et ensuite il m'a servi un thé. Pendant le petit-déj, son agent a lu tous les rendez-vous de la journée. Il avait un emploi du temps bien chargé. J'ai pu lui poser quelques questions rapidement parce qu'à 9h15, il fallait déjà partir. Et alors, nous sommes allés aux studios de France Hexagone pour un entretien. C'était pour la promotion de son nouvel album que j'adore. Ensuite à 11h30, nous avons retrouvé la journaliste du magazine *Musique*, dans un café. Elle a surtout voulu connaître les projets d'Alex. À mon avis, il n'était pas très content parce qu'elle a posé trop de questions sur sa vie privée. C'est vrai, elle était trop curieuse ! À la fin de l'entretien, vers 13h00, Alex a posé pour le photographe du magazine et là... c'était génial ! J'ai posé avec lui pour une photo qu'il va me dédicacer. J'ai vraiment hâte de la voir. Après, on est partis déjeuner et on a eu le temps de parler. On a bien rigolé aussi ! Puis nous sommes partis au studio d'enregistrement et là c'était magique pour moi. Ouais vraiment ! J'ai pu l'entendre chanter. J'étais à quelques mètres ! C'était comme un rêve ! Il a chanté une dizaine de chansons et bien sûr, je les connaissais presque toutes par cœur. Comme il avait encore le temps, il m'a fait un cadeau incroyable.

C : Camille ? Tu es toujours là ?

Ca : Oui, je suis juste très émue. Il m'a proposé de chanter avec lui. Évidemment, je me suis mise à pleurer de joie. Je n'oublierai jamais.

S : Quelle journée ! Et à quelle heure tu es partie ?

Ca : Ah, mais, ce n'est pas fini ! À 18h00, nous avons rejoint l'entraîneur personnel d'Alex. Comme il prépare une tournée, il doit se maintenir en forme. Alors, on a fait du sport et il y avait aussi une chorégraphe. On a dansé un peu la tecktonik. Ouf, c'était épuisant ! Enfin à 20h00, nous avons pris un apéro et puis vers 21h00, j'ai dû partir. J'avais vraiment pas envie de le quitter !

C : Ah mais tu es contente de ta journée, j'imagine. Et puis tu nous enverras la photo. En tout cas, je suis jalouse. Je ne connais pas encore Alex Braque mais tu m'as donné envie. J'ai le droit de participer au concours moi, Stéphane ?

S : Ah non Claire, c'est destiné à nos chers auditeurs ! Félicitations à Camille qui a l'air d'être aux anges ! Nous sommes ravis pour toi ! Alors avis aux amateurs ! Inscrivez-vous vite au prochain concours ! Merci Camille !

Ca : Ah non, c'est moi qui vous remercie ! C'est inoubliable !

PISTE 01 / CD 2 ›› LA MAISON DU FUTUR

COMPRÉHENSION ORALE

1 Vrai ou faux ?

	Vrai	Faux
1. Chez Claire, la salle à manger et la cuisine sont deux pièces indépendantes.		
2. Claire a beaucoup de meubles dans son appartement.		
3. La cuisine de Claire est très bien équipée.		
4. Claire dort dans un lit normal.		
5. Chez Claire, il n'y a pas de place où ranger les choses.		
6. Claire est très intéressée par la maison du futur.		
7. Stéphane veut aller visiter le prototype de la maison.		
8. Stéphane est sûr que la maison du futur aura du succès.		

LEXIQUE

La maison : les pièces

2 Leia a descrição do apartamento de Claire e escreva o nome de cada cômodo.

Mon appartement est petit. Ça c'est **l'entrée**, toute petite, et la première porte à droite, c'est **la salle de bain**. En face, c'est **ma chambre à coucher**. Et puis quand tu sors de la chambre, au bout du **couloir**, c'est **le salon-salle à manger** avec **la cuisine américaine** sur la gauche.

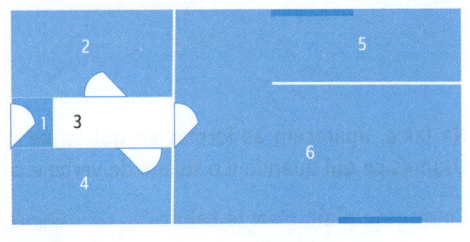

1.
2.
3.
4.
5.
6.

Les meubles

3 Agora relacione cada figura com seu nome correspondente.

> une chaise · un fauteuil · un lit · une table · des rideaux
> un canapé · une lampe · une étagère · une cheminée

1. ....
2. ....
3. ....
4. ....
5. ....
6. ....
7. ....
8. ....
9. ....

GRAMMAIRE

Ce qui / ce que

Na faixa, aparecem as formas **ce qui** ou **ce que**, que equivalem a «o que». Usamos **ce qui** quando é o sujeito do verbo e **ce que**, quando é o objeto direto.

Ce qui me plaît, c'est le calme.	*O que me encanta é a tranquilidade.*
Ce que je veux, c'est un appartement spacieux et lumineux.	*O que quero é um apartamento espaçoso e iluminado.*

Quelques connecteurs

Vejamos agora algumas locuções e conectivos que apareceram na faixa.

malgré + sintagma nominal	«apesar de»
à la place de (du/de l'/de la/des) + sintagma nominal	«no lugar de»
par contre	«por outro lado»
grâce à (au/à l'/à la/aux) + sintagma nominal	«graças a»
en plus	«além disso»
d'ailleurs	«aliás», «por sinal»
même	«até mesmo»

Le futur

O futuro é empregado para fazer predições, promessas etc. A raiz do futuro normalmente é o infinitivo, ao qual são acrescentadas as terminações **-ai, -as, -a, -ons, -ez** e **-ont**. Veja que as terminações do futuro são parecidas com o verbo **avoir** no presente: **j'ai, tu as, il/elle/on a, nous avons, vous avez, ils/elles ont**.

Singulier		Pluriel	
j'	aimer**ai**	nous	aimer**ons**
tu	aimer**as**	vous	aimer**ez**
il / elle / on	aimer**a**	ils / elles	aimer**ont**

Mas nem todos os verbos formam o futuro da mesma maneira. Os que terminam em **-eler, -ener, -eser, -eter** ou **-ever** dobram a consoante ou recebem um acento grave no **e** que antecede um **e** mudo. Vejamos alguns exemplos:

appeler	appell**er-**	j'appellerai
amener	am**è**ner-	j'amènerai
peser	p**è**ser-	je pèserai
jeter	jett**er-**	je jetterai
enlever	enl**è**ver-	j'enlèverai

Nos verbos terminados em **-re**, cai o **-e** do infinitivo e a ele são acrescentadas as terminações do futuro.

boire	**boir-**	je boirai
écrire	**écrir-**	j'écrirai
prendre	**prendr-**	je prendrai

Nos verbos que terminam em **-oyer** ou **-uyer,** troca-se o **y** por um **i.**

nettoyer	**nettoier-**	je nettoierai
essuyer	**essuier-**	j'essuierai

Alguns verbos mudam de raiz, mas conservam a nova em todas as pessoas.

être	ser-	je **serai**	pouvoir	pourr-	je **pourrai**
avoir	aur-	j'**aurai**	voir	verr-	je **verrai**
savoir	saur-	je **saurai**	mourir	mourr-	je **mourrai**
faire	fer-	je **ferai**	courir	courr-	je **courrai**
aller	ir-	j'**irai**	envoyer	enverr-	j'**enverrai**
devoir	devr-	je **devrai**	venir	viendr-	je **viendrai**
vouloir	voudr-	je **voudrai**	valoir	vaudr-	je **vaudrai**

4 Complete as frases seguintes conjugando os verbos no futuro.

1. Je ne sais pas si je .... **(pouvoir)** venir, mais j'............... **(essayer).**
2. Je n'............... **(aller)** pas te chercher, je n'............... **(avoir)** pas le temps.
3. Le directeur vous .... **(recevoir)** demain à 10 heures.
4. On vous .... **(prévenir)** dès qu'on le .... **(savoir).**
5. On .... **(se revoir)** certainement.
6. Je vous .... **(rappeler)** plus tard.

Le conditionnel

As regras de formação do condicional são exatamente as mesmas que as do futuro, mas com outras terminações. As terminações do condicional são as mesmas do imperfeito: **-ais, -ais, -ait, -ions, -iez, -aient.**

Usamos o condicional para:
- perguntar ou pedir algo de maneira polida: **Je voudrais un peu d'eau.**
- expressar um desejo: **Je voudrais devenir chanteur.**
- expressar uma possibilidade, uma hipótese: **On pourrait aller au cinéma.**
- dar um conselho: **Tu devrais faire attention à ton poids !**

La boîte à mots

avoir l'air + adjectif	parecer + adjetivo
frapper dans tes mains	bater palmas
J'ai du mal à le croire.	Custa-me a acreditar.
obéir au doigt et à l'œil	obedecer de pés juntos
Rien à voir avec...	Nada a ver com...
Si, si, c'est vrai ! *	Sim, sim... é verdade!

* Si é empregado no lugar de oui para responder a uma frase negativa ou de sentido negativo.

Glossaire

allumer	acender	mezzanine	mezanino
aménager	dispor, organizar	obéir	obedecer
bar	balcão	pièce	cômodo
bruit	ruído	placard	armário
carré/e	quadrado/a	place	espaço, lugar
chez toi	sua casa	plat	travessa (que vai ao forno)
couteau/eaux	faca/s		
doigt	dedo	poêle	frigideira
électro-ménager	eletrodoméstico	presse-agrumes	espremedor de laranjas
en permanence	a todo momento	rangement	armazenamento
étagère	prateleiras	regarder	olhar
fenêtre	janela	robot ménager	multiprocessador
four à gaz	forno a gás	s'asseoir	sentar-se
frigo *abrev.*	(réfrigérateur) geladeira	salon-salle à manger	sala de jantar
jus	suco		
lit *m.*	cama	se brancher	conectar-se
lumière	luz	son	som
lumineux/euse	iluminado	spacieux/euse	espaçoso/a
maison-témoin	mostruário (casa)	surfer sur Internet	navegar na internet
manquer	faltar		

Transcription

Stéphane : Claire, c'est comment chez toi ?

Claire : Chez moi ? Pourquoi tu veux le savoir ? Ça t'intéresse ?

S : Euh... Oui et non. Tu comprendras tout à l'heure. Mais est-ce que tu peux me dire si c'est plutôt moderne ou ancien, fonctionnel, confortable ?

C : En fait, chez moi, c'est très petit mais très calme et lumineux parce qu'il y a une fenêtre qui donne sur des jardins qui sont exposés au sud. J'ai très peu de meubles : une table basse, un canapé et quelques étagères. Alors ça a l'air spacieux malgré le nombre réduit de mètres carrés. J'ai seulement une petite chambre avec une mezzanine à la place du lit traditionnel pour gagner un peu de place et pour aménager des espaces de rangement comme des placards. J'ai un salon-salle à manger avec une cuisine américaine.

S : Mais qu'est-ce que c'est une cuisine américaine ?

C : Une cuisine ouverte sur la salle à manger. En général tu as un bar qui la sépare du reste de la pièce et tu as des tabourets un peu hauts pour t'y asseoir, tu vois ?

S : Oui, alors, justement, ta cuisine, elle est comment ? Elle est bien équipée ?

C : Bof, non. Elle est plutôt basique. Je n'ai pas de robot ménager et en fait, j'ai le strict minimum pour ce qui est des appareils électro-ménagers. J'ai une cuisinière avec un four à gaz que j'utilise beaucoup et qui fonctionne très bien, un vieux frigo qui fait du bruit, un presse-agrumes manuel qui me sert pour mon jus d'orange du matin mais par contre j'ai tout ce qu'il faut pour cuisiner : des plats, des poêles et des casseroles, des couteaux de cuisine...

S : Je vois. C'est bien ce que je pensais. Rien à voir avec la maison que je vais vous présenter maintenant. La maison du futur n'aura plus rien à voir avec celle que notre amie Claire vient de nous décrire. Savez-vous comment elle sera, cette maison ? Eh bien, évidemment, elle sera beaucoup plus moderne que votre maison actuelle. Grâce à la domotique, vous y trouverez toutes sortes d'appareils qui vous faciliteront la vie. Par exemple, votre réfrigérateur.

C : Excuse-moi Stéphane, mais les frigos, ça existe déjà et en plus tout le monde en a.

S : Non, des frigos comme ceux-là, j'en doute. Sais-tu que ton frigo contrôlera en permanence ce qu'il y a à l'intérieur ?

C : Pardon ?

S : Oui, et il te dira à tout moment ce qu'il te reste, il fera une liste des produits qui manquent et il te proposera même des idées de recettes avec les ingrédients qui s'y trouveront.

C : J'ai du mal à le croire !

S : Si, si, c'est vrai. Tu pourras tout consulter sur un écran qui sera intégré à la porte du frigo. D'ailleurs, sur cet écran, tu pourras même regarder la télé, surfer sur Internet ou te brancher sur la radio.

C : Et c'est vraiment utile tout ça ? J'ai des doutes. Et c'est tout ce qu'on pourra faire dans ta maison du futur ?

S : Non, en fait tu devras programmer l'ordinateur central avec tous les paramètres que tu veux et tu lui diras quelle température tu veux dans la maison à tous moments, tu frapperas dans tes mains pour allumer la lumière ou mettre de la musique, tous les appareils reconnaîtront le son de ta voix et des gens qui habiteront avec toi, et leur obéiront au doigt et à l'œil.

C : C'est cela, oui. Moi, je pense que je n'en voudrai pas de ta maison futuriste. Je n'ai pas du tout envie d'avoir toutes ces choses contrôlées par ordinateur. En plus on dirait vraiment un film de science-fiction ton histoire.

S : Pas du tout, tu verras, on ira visiter la maison-témoin un de ces jours et tu pourras vérifier par toi-même. C'est une maison que tous les gens voudront et auront dans quelques années. Quand j'aurai la mienne, tu viendras la voir, j'en suis sûr !

C : Ouais. C'est ce que tu crois ! Moi, maintenant ce que je veux, c'est jouer au « trucmuche » avec nos auditeurs. Alors, allons-y !

PISTE 02 / CD 2 ▶▶ LE JEU DU TRUCMUCHE

COMPRÉHENSION ORALE

1 Vrai ou faux ?

	Vrai	Faux
1. Le trucmuche est un jeu qui consiste à décrire un objet.		
2. L'objet se trouve uniquement dans une cuisine.		
3. L'objet est fragile.		
4. L'objet est utile pour faire des réparations.		
5. Pierre appelle de Lyon.		
6. Il veut savoir si l'objet se lave en machine.		
7. Claire le laisse poser une deuxième question.		
8. Myriam pose une question sur la couleur.		
9. Sophie pense que l'objet est une serviette.		
10. À la fin de l'émission, personne a découvert le trucmuche.		

LEXIQUE

Nesta faixa, vimos várias maneiras de descrever um objeto. Antes de mais nada, convém aprender as seguintes palavras: **un objet** («um objeto»), **un ustensile** («um utensílio»), **un instrument** («um instrumento»), **un outil** («uma ferramenta»), **un truc/machin** (*coloquial* «uma coisa»).

Tailles, formes et qualités

- **C'est comment ?**
- **C'est**   **petit** («pequeno/a»), **grand** («grande»)
           rond («redondo/a»), **carré** («quadrado/a»)
           triangulaire («triangular»), **rectangulaire** («retangular»)

Les matières

Para indicar o material de um objeto, costumamos usar a preposição **en**.

- C'est **en** quoi ? / C'est **en** quelle matière ?
- C'est une bouteille **en** plastique. («uma garrafa de plástico»)
    un bocal **en** verre. («um pote de vidro»)
    un sac **en** cuir. («uma bolsa de couro»)
    une boîte **en** carton. («uma caixa de papelão»)
    un sac **en** papier. («uma sacola de papel»)
    un sac **en** toile. («uma bolsa de pano»)
    une table **en** bois. («uma mesa de madeira»)
    une boîte **en** fer. («uma caixa de ferro/metal»)
    une assiette **en** porcelaine. («um prato de porcelana»)

Mas se falamos do material, e não do objeto, usamos um partitivo: **du**, **de l'**, **de la** ou **des** + material.

- C'est quoi comme matière ? / Qu'est-ce que c'est comme matière ? / C'est quelle matière ?
- C'est **du** coton / **de la** laine / **de l'**élasthanne / **des** fibres naturelles.

GRAMMAIRE

Décrire l'usage d'un objet

Alguns verbos servem para falar da função de um objeto ou para descrever seu funcionamento. Cada um é seguido de uma preposição diferente.

servir à + sintagma nominal / infinitivo («servir para»)

C'est un objet qui **sert à** ouvrir des boîtes de conserve.	*É um objeto que serve para abrir latas em conserva.*

être utile pour + sintagma nominal / infinitivo («ser útil para»)

Est-ce que c'est **utile pour** faire la cuisine ?	*É útil para cozinhar?*

permettre de + sintagma nominal / infinitivo («permitir»)

Ce robot ménager **permet de** gagner beaucoup de temps dans la cuisine. *Este multiprocessador permite ganhar muito tempo na cozinha.*

marcher ou **fonctionner à** ou **avec** + sintagma nominal («funcionar com»)

Cet appareil **marche / fonctionne à** l'électricité / **avec des** piles. *Este aparelho funciona com eletricidade / pilhas.*

2 Complete as descrições com pronomes **qui** e **que**, com os verbos dados. Em seguida, escreva o objeto que está por trás de cada definição: **un couteau, un grille-pain, une brosse à dents, un rasoir** ou **un trombone**.

> servir · utiliser (2) · permettre

1. C'est un objet .... on trouve dans la salle de bain et .... à se nettoyer les dents. ▶

2. C'est un objet .... marche à l'électricité et .... on .... surtout le matin, pour faire du pain grillé. ▶

3. Cet objet .... est utile pour raser la barbe et la moustache, est souvent jetable. ▶

4. C'est un objet .... d'attacher plusieurs feuilles de papier ensemble et .... on trouve dans les bureaux. ▶

5. C'est un objet .... est indispensable pour faire la cuisine et .... on .... pour couper toutes sortes de choses. ▶

Les adverbes en -ment

Geralmente, para formar advérbios terminados em **-ment**, acrescentamos a terminação à forma feminina do adjetivo: **doux** ▶ **douce** ▶ **doucement**, **légal** ▶ **légale** ▶ **légalement**, **culturel** ▶ **culturelle** ▶ **culturellement** etc. Em alguns casos, no entanto, partimos da forma masculina. Aos adjetivos no masculino terminados em **-i** ou em **-é**, por exemplo, acrescentamos diretamente **-ment**: **vrai** ▶ **vraiment**, **passionné** ▶ **passionnément**. Os adjetivos no masculino terminados em **-ant** ou **-ent** perdem essa terminação e ganham, respectivamente, as terminações **-amment** ou **-emment**: **constant** ▶ **constamment**, **évident** ▶ **évidemment**.

❸ Complete estas frases com advérbio em **-ment** dos adjetivos a seguir. Dois deles podem aparecer em duas frases indistintamente.

> lent · sincère · fier · actif · patient · franc · courant

1. Elle dit toujours ce qu'elle pense, elle parle toujours ....
2. Nous sommes en ville et tu roules à 70 km/h ! Tu dois rouler plus ....
3. Les parents parlent toujours .... de leurs enfants.
4. Martine s'implique .... dans la vie associative.
5. Pour obtenir cet emploi, il faut parler anglais et espagnol ....
6. Ce professeur répond toujours .... aux questions de ses élèves.
7. Dis-moi .... ce que tu en penses ; j'ai besoin de ton avis.

La boîte à mots

Désolé/e.	Sinto muito.
Merci quand même.	Obrigado, mesmo assim.
pas du tout	nada disso
Pourquoi pas ?	Por que não?
Quel dommage !	Que pena!
Tant pis !	Fazer o quê?

Glossaire

approcher	aproximar-se	nappe	toalha de mesa
demander	perguntar	pierre	pedra
encombrant/e	volumoso/a	plier	dobrar
jeter	jogar, atirar	qualité	qualidade
machine à laver	máquina de lavar	se casser	quebrar

Transcription

Claire : La fin de cette émission approche et voici venu le moment de retrouver nos auditeurs pour un petit jeu de devinettes. Vous connaissez tous Guy Lux et son Schmilblick ? Eh bien ici, le Schmilblick s'appelle « trucmuche ». Je vous en rappelle rapidement le principe. Nous avons choisi un objet que tout le monde connaît mais nous n'en avons révélé l'identité à personne. C'est à vous tous, nos auditeurs, de découvrir notre objet mystère.

Stéphane : Alors, très vite, nous vous faisons le résumé des quelques questions et réponses de nos auditeurs antérieurs, pour éviter les répétitions. Quelqu'un nous a demandé si le trucmuche est un objet qui sert dans la cuisine et nous lui avons répondu que c'est un objet qu'on peut utiliser dans une cuisine mais qui peut se trouver ailleurs également. Ensuite... voyons... est-ce que c'est un objet fragile, qui se casse facilement, que l'on doit manipuler avec soin ? Et là... la réponse est non, c'est un objet assez solide en général. Enfin bon, évidemment, ça dépend de la qualité.

C : On nous a aussi demandé si c'est un objet indispensable tous les jours... et là, c'est difficile de répondre car enfin chacun a ses idées sur ce qui lui est indispensable dans sa vie quotidienne, non ?

S : C'est sûr. Question suivante : est-ce que c'est un ustensile, un instrument qui peut servir à faire quelque chose, ouvrir une boîte, réparer quelque chose ? Et nous avons dit que non, que ce n'est pas vraiment un ustensile de ce type.

C : Bien, alors, nous retrouvons nos auditeurs. Allô ? Qui est à l'appareil ? Vous voulez nous poser votre question ?

Pierre : Allô ! Bonjour. C'est Pierre, de Montpellier. Alors, est-ce que le trucmuche se lave ? Je veux dire, est-ce qu'on peut le mettre dans la machine à laver, quoi ?

C : Euh... oui... Vous éventuellement, oui. Pourquoi pas ?

P : Alors, ça veut dire que c'est un objet en tissu, c'est ça, non ?

C : Ah, désolée Pierre mais vous pouvez seulement nous poser une question, c'est la règle.

P : Allons, Claire, soyez sympa, dites-moi.

C : Non, je suis désolée, il faut être juste avec tous nos auditeurs. Alors Pierre, vous avez une idée ?

P : Euh, j'sais pas. Une serviette ?

S : On ne vous jette pas la pierre, Pierre mais ce n'est pas la bonne réponse. Au revoir et merci ! Notre auditeur suivant est en ligne. Allô ?

Myriam : Allô ! Bonjour Stéphane, je suis Myriam, de Paris. Alors, est-ce que le trucmuche est en carton ou en plastique ?

S : Euh... Myriam, vous avez écouté notre auditeur précédent ? Il a découvert qu'on pouvait laver le trucmuche. Alors... le carton...

M : Bon, ben tant pis, hein ? Merci quand même. Salut !

S : Encore une auditrice ?

Sophie : Oui, bonjour, c'est Sophie, de Tours. Alors, est-ce que le trucmuche est un objet encombrant ou bien c'est quelque chose qui se plie et qu'on peut emporter partout ?

C : Eh bien c'est... On a dit que ça pouvait rentrer dans une machine à laver, hein ? Donc, non, ce n'est pas trop encombrant, mais est-ce que c'est un objet qu'on peut plier, Stéphane ?

S : Oh... eh ben, si, si, pourquoi pas, c'est possible... Alors Sophie, vous avez une idée ?

Sp : J'avais pensé la même chose que Pierre mais vous lui avez dit non. Alors, je sais pas. Une nappe peut-être ?

S : Non, Sophie, quel dommage ! Ce n'est pas ça du tout ! Merci d'avoir joué avec nous et à la semaine prochaine ! Au revoir !

C : Bon, Stéphane, nos auditeurs n'ont toujours pas trouvé ce qu'est notre trucmuche mais ils auront l'occasion de nous rappeler pour continuer à nous poser des questions dans notre prochaine émission.

COURS PARTICULIER 1
PISTE 03 ◀CD 2

Henry: Bonjour, Esmeralda, ça va ?
Esmeralda: Bonjour, Henry. Oui, ça va.
H: Bem, antes de mais nada, vamos introduzir alguns conceitos básicos sobre a pronúncia do francês.
E: Acho ótimo, porque acho que é bastante difícil, não é?
H: Nem tanto, você vai ver. Bem, começamos pelo sons vocálicos: o «a», o «i», o «o» são pronunciados como em português. Très facile.
E: Certo.
H: Depois temos a letra «u», que se pronuncia [y].
E: [u]
H: Não, [y]. Tente pronunciar o «u» e depois avance a língua até que ela toque seus dentes, certo? Ouça. [y]. Tu comprends ?
E: Certo. Seria como [y], [y]. Mais ou menos.
H: Oui, bien. Exemplos: une rue, la culture, la littétature, une vue, plu, sûr...
E: Certo.
H: Em francês existe também o som de «u», como em português. A diferença é que esse som é representado por um «o» seguido de um «u». D'accord ?
E: Certo. Ou seja, «ou», em francês, se pronuncia «u»?
H: Sim, isso. Jour, pour, amour, toujours.
E: Hum hum.
H: D'accord ? Outro som diferente é a letra «e», que em francês se pronuncia «ê», «e» ou «é». Bem, vamos ver. Em francês os acentos não servem para marcar a entonação, mas para a pronúncia dos sons. Ou, às vezes, para distinguir duas palavras com grafia igual.
E: Hum hum, mas o terceiro «e» não se pronuncia, né?
H: Não, porque está no final e não leva acento. Se chama et muet, «e mudo».
E: Hum hum. Um «e» mudo?
H: Vou dar um exemplo, duas palavras, as mesmas letras, mas os acentos em lugares diferentes. Ouça a diferença: élève, élevé.
E: Hum hum.
H: Em francês tem muitas letras que se escrevem, mas não se pronunciam, sobretudo no final das palavras. Por exemplo, étudiant...
E: Estudante...
H: Français, parler... todas acabam em consoante, certo? Étudiant, com o «t», français com «s», e parler, como o «r». Mas não são pronunciados.
E: Certo.
H: Ok? Mas há exceções, né?
E: Hum hum.
H: Por exemplo, você dirá le bus.
E: Le bus, o ônibus?
H: Sim. Em geral, não pronunciamos o «s», mas em le bus se pronuncia.
E: Hum hum.
H: Uma palavra que termina com um «c», também, às vezes se pronuncia, às vezes não. Você dirá le bac, mas le tabac, le banc, blanc... Par contre, tu prononce le «l» final, comme espagnol, o «f», neuf, novo, veuf, viúvo, sportif, esportista.
E: Certo. E, por exemplo, a letra «n»? Acho que ouvi, no programa, palavras que se escrevem com a letra «n», mas não se ouvia o «n»...
H: Ah, esse é um som nasal. Quer dizer, é um som que sai, bem, sai pelo nariz, por assim dizer. É um som um pouco difícil para os estudantes de francês. Ele aparece quando uma vogal, «a», «e», «i», «o», «u», ou um «y», ípsilon, vão com um «n» ou «m», certo?
E: Certo.
H: Par exemple: comment ?
E: Hum hum.
H: Des enfants, grand... Tintin...
E: Tantã?
H: Oui, le personnage des bandes dessinées...
E: Tantã... Ah, Tintin?
H: Sim... On continue: les pain, la main, le soin, o cuidado, e com «n», profession, télévision, information...
E: Bem, isso é um pouco difícil, né?
H: Bem...
E: Ok. E tem outra coisa que eu queria perguntar: vi que às vezes vocês combinam vogais para formar outros sons, né?
H: Oui. As vogais básicas são combinadas com o «i» ou o «u» e formam novos sons.
E: Hum hum.
H: D'accord ? A, i ou e + i se pronunciam com um «e» aberto, «éi»; a + u ou então e + a + u se pronunciam como um «o».
E: Como, por exemplo, de l'eau.
H: De l'eau, voilà. O + u se pronuncia «u», certo, já dissemos isso antes. E + u é uma letra um pouco rara, a letra «o» pegada ao «e» mais um «u», se pronuncia «e».
E: «Ê».
H: Isso, como vogal «e».
E: Hum hum.
H: E o + i pronuncia «ua».
E: Ua.
H: Comme moi, toi. D'accord ?
E: D'accord.
H: Ok. No começo é muita informação, mas logo você vai ver que, com a prática, tudo fica mais fácil.

E: É o que espero!

H: Uma última coisa importante: o francês é uma língua que encadeia as palavras entre elas.

E: O que isso quer dizer?

H: Por, exemplo, você percebeu como dizem nos invités, notre émission, ils ont des amis...

E: Ah, sim, as palavras se juntam, né?

H: Sim, é isso, exato. Em francês, quando uma palavra termina com um som consoante e é seguida de uma palavra que começa com vogal, elas se encadeiam, se juntam.

E: E como se chama esse fenômeno?

H: Se chama liaison.

E: Liaison.

H: Isso, la liaison. Acontece muito com o «s», mas com outras letras também. Com outros sons também. Mas também não se deve abusar. Isso não ocorre sempre, é feito para facilitar a pronúncia.

E: Certo.

H: D'accord ? Alors, tu veux pratiquer ? Quer praticar?

E: Oui, bien sûr.

H: Muito bem, então tente repetir estas saudações e frases práticas. Bonjour !

E: Bonjour !

H: Bonsoir !

E: Bonsoir !

H: Bonne nuit !

E: Bonne nuit !

H: Bonne journée !

E: Bonne journée !

H: Salut !

E: Salut !

H: Au revoir !

E: Au revoir !

H: À plus !

E: À plus !

H: À bientôt !

E: À bientôt !

H: À toute à l'heure !

E: À tout à l'heure !

H: Muito bem, hein ? Ça va ?

E: Ça va ?

H: Ça va bien, merci. Et toi ?

E: Ça va très bien, merci. Et toi ?

H: Ok.

COURS PARTICULIER 2
PISTE 04 ◀CD 2

Henry: Então, Esmeralda, você tem alguma dúvida sobre o que ouviu?

Esmeralda: Sim, tenho, tenho muitas, na verdade. Vejamos, primeiro, a questão dos artigos le e la.

H: Un, une ?

E: Sim. Isso fácil porque é muito parecido ou é igual ao português, mas o artigo plural é les, né?

H: Oui. L-E-S.

E: Ou seja, no plural só há uma forma?

H: Sim. No plural, não distinguimos feminino e masculino para os artigos, portanto, usa-se les tanto para masculino, les hommes, os homens, les programas, como o feminino, les femmes, as mulheres, les émissions, tu comprends ?

E: Sim. Mas há um outro artigo depois, que é o des, D-E-S, não? O que é exatamente?

H: Sim. D-E-S é o artigo indefinido plural, ok? É como uns e umas, é o plural de un et une, certo?

E: Certo.

H: O que acontece é que, muitas vezes, em português, vocês deixam de usar o artigo indefinido no plural, por exemplo, quando, em francês, dizemos des amis, des choses, em português você diria...

E: Simplesmente amigos ou coisas.

H: Sim, é isso, sem o artigo, entende?

E: Certo. E o «l apóstrofo», o que é, como se usa?

H: Diante de vogal ou de «h» mudo...

E: Sim.

H: Le e la se convertem em «l apóstrofo». Por exemplo, l'hôtel, l'avion, o avião.

E: E, então, como sei se uma palavra é masculina ou feminina?

H: Bem, você vai ver que, muitas vezes, as palavras se correspondem entre os dois idiomas. Mas nem todas. Há muitas terminações muito típicas do masculino e do feminino. Mas também há exceções. Assim, aconselho que, quando aprender palavras novas, você fixe também o gênero.

E: Bem, certo. E com os adjetivos?

H: Bem, nos adjetivos, a terminação mais típica do feminino é «e», um «ê». Grand, grande, petit, petite, hã? E que é acrescentando a diferentes terminações. Mas cuidado, porque também há muitos adjetivos masculinos que terminam em «e». Você vai entender melhor com a prática.

E: Hum hum.

H: Par exemple : je suis française, mais mon frère est français.

E: Certo. No primeiro caso, française termina com um «e» e o outro, como é masculino, não tem um «e».

H: Exato, ok? Le premier porgramme, mas la première émission.

E: Certo.

H: Et une émission, passionnante, divertissante, amusante, intéressante...

E: Todos esses acabam em «e»?

H: Exato.

E: Certo. Vejamos outra coisa: quando vocês, franceses, falam, sempre colocam o pronome diante do verbo, não? O sujeito?

H: Sim. Isso é diferente do português. Dizemos je

parle, tu t'appelles, j'aime, nous allons... Você não pode usar o verbo sozinho.

E: Sim, sim, é diferente. E outra coisa: ouvi que, às vezes, para se dirigir a uma pessoa, em alguns casos se usa tu e às vezes, vous. O que é?

H: Em função do contexto, usaremos tu ou vous. Em francês, em geral, somos bastante formais com gente desconhecida. Por exemplo, no comércio, lojas, bancos, é melhor começar com o vous e depois mudar para tu, se você notar que a situação permite.

E: C'est clair, c'est très clair. Outra coisa, me disseram que as terminações dos verbos em francês são muito difíceis, não?

H: Não, na realidade, este tema é muito parecido com o português. O mais difícil é que há vários, vários grupos de verbos, e eles não são conjugados da mesma maneira. Mas também não é tão difícil, não se preocupe. Vejamos os mais fáceis, que tal? No início do programa de rádio, você ouviu muitos verbos, como parler, étudier, habiter. Todos terminam em «er» no infinitivo e são fáceis de conjugar. Por exemplo, je parle:

E: Falo.

H: Tu parles.

E: Falas.

H: Il ou elle parle.

E: Fala.

H: Nous parlons.

E: Falamos.

H: Vous parlez.

E: Falais.

H: Ils ou elles parlent.

E: Falam.

H: O que você notou?

E: Acho que só se ouvem três formas diferentes, não? Parle, parlons e parlez.

H: Correto. A primeira, segunda e terceira pessoas do singular e a terceira do plural são pronunciadas exatamente da mesma forma, embora não sejam escritas da mesma forma.

E: E os outros verbos são iguais a parler?

H: Não, não, nem todos. Os em «er» sim, mas os outros não. Também há alguns verbos irregulares. Você já ouviu, por exemplo, o verbo aller, que termina em «er», mas é irregular.

E: Aller é ir, não?

H: Sim, isso. Ok? É je vais, tu vas, il va, nous allons, vous allez, ils vont.

E: Certo. Em português, o verbo «ir» também é irregular.

H: Sim, sim. E être e avoir, ser e ter... Être é ser ou estar, e avoir, ter; também são irregulares.

E: Certo. Por exemplo, uma pergunta: quando dizem «on va parler de la France» ou «les invités vont participer», essa construção é como «vamos», não? Vamos falar, os convidados vão chegar.

H: Exato. Essa construção é muito útil porque nos permite falar dos nossos planos, mas usando o presente. Se você não sabe usar outra coisa, é muito prático. Par exemple: on va aller voir un film ce soir, vamos ver um filme esta noite. Nous allons déjeuner au restaurant demain? O que seria?

E: Hã...vamos comer num restaurante amanhã.

H: Qu'est-ce que tu vas faire ce week-end ?

E: O que você vai fazer neste final de semana?

H: Oui. Toi, qu'est-ce que tu vas faire ?

E: Você está me perguntando?

H: Oui.

E: Je vais sortir, je vais, peit-être au cinéma.

H: Oui oui, pafait ! Tu vais aller au cinéma. Ok.

E: Peut-être. Certo. E, por exemplo, os possessivos? Que diferença há entre mon e ma? Há duas forma, não?

H: Sim. é claro. O mon é quando a coisa é masculina e o ma, quando é feminina.

E: Certo.

H: Mon travail, ma profession.

E: Meu trabalho, minha profissão. Claro, em português seria igual.

H: E também acontece com o ton, ta e com o son, sa. Para essas três pessoas, você tem duas possibilidades de cada vez. Vamos praticando. Que tal se você se apresentasse em francês?

E: Ok. Je m'appelle Esmeralda, je suis brésilienne.

H: Hum hum. Qu'est-ce que tu fais dans la vie ? Quelle est ta profession ? Qu'est-ce que tu fais comme travail ?

E: Je travail de journaliste... non, je travail comme journaliste.

H: Très bien.

E: Je travail dans un journal.

H: Tu peux me parler de ta famille ? Est-ce que tu as des frères et soeurs ?

E: Ah, é assim que se pergunta se você tem irmãos?

H: Sim, não quer dizer que você tenha os dois necessariamente, mas é assim que se pergunta.

E: Certo. Vejamos, por exemplo, posso dizer j'ai un frère et mon frère s'appelle Alberto, por exemplo?

H: Oui. Par exemple. Ok, oui. Ton frère s'appelle Alberto, et ton père ?

E: Mon père s'apelle João.

H: Ok, ton frère... ton père... Utilizamos mon, ton, parce que c'est masculin. Entende?

E: Sim. E, então, para dizer minha irmã, eu diria ma soeur.

H: Ta soeur, exact.

E: Ma soeur... Alors, j'ai une soeur e ma soeur s'appelle Marta.

H: Oui. Très bien !

COURS PARTICULIER

E: Et j'ai une amie et ma amie s'apelle Barbara.
H: Non, sa, non, ce, n'est pas possible, non. Quando o nome feminino começa por vogal ou «h», não se pode usar ma, ta, sa. Você tem que usar as formas do masculino, mon, ton, son, para fazer a liaison.
E: Certo.
H: Écoute: mon amie, son amie, tu vois ?
E: Sim, está claro.
H: C'est ça. Maintenant j'ai une autre question pour toi, se você lembrar, o micro-trottoir, pourquoi les gens interrogés apprennent le français ?
E: Por que aprendem francês?
H: Oui.
E: Je croix qu'ils apprennent le français pour le plaisir, pour lire en français, pour aller e Afrique travailler dans une ONG.
H: Oui, très bien. Sven, tu te rappelles pourquoi il apprend le français ?
E: Parce qu'il est amoureux de Mathilde, non ?
H: Oui, c'est ça. Et toi, Esmeralda, pourquoi tu apprends le français ?
E: Moi, parce que je trouve qu'elle est une jolie langue... j'aime le son...
H: Attention ! Tu dois dire c'est... une jolie langue...
E: Oui, c'est une jolie langue.
H: Ok. C'est facile ?
E: Poufff... Non, je trouve que c'est... Como é a negação de c'est ?
H: Ce n'est pas.
E: Alors. Je trouve que ce n'est pas très facile la prononciation du français. C'est un peu compliqué.
H: Mais, non, tu verras, ça ira mieux avec la pratique.

COURS PARTICULIER 3
PISTE 05 ◄CD 2

Henry: Esmeralda você gosta de ir ao cinema?
Esmeralda: Sim, sim, gosto de ir ao cinema. J'aime de aller au cinéma. Eu falei direito?
H: Você cometeu um pequeno erro. Para falar de gostos e preferências, você não diz j'aime de aller au cinéma j'aime aller, d'accord ? Et les verbes aimer, adorer, préférer, apprécier, détester são conjugados e seguidos de um infinitivo, mas sem nenhuma preposição, certo? Por exemplo, j'aime danser, gosto de dançar, je préfère dîner au restaurant, prefiro jantar num restaurante, sem a preposição de. Além disso, conjugar esses verbos não é muito complicado, já que são verbos do primeiro grupo.
E: Ah, sim, são os verbos que terminam em «er», não?
H: Correto. Os verbos do primeiro grupo terminam em «er». Bem, falávamos de cinema, não é? O que você estava me dizendo?

E: Vejamos, sem preposição, ou seja, j'aime aller au cinéma et j'adore regarder les films d'action, mais je déteste les films romantiques.
H: Très bien. Et tu apprécies les films d'horreur, de medo?
E: Não, je pas... como se faz a negação? Não estou me lembrando agora.
H: Alors, je n'apprécie pas de films d'horreur. Veja que, para a negação, usamos ne antes do verbo. Je n'aime pas, aqui n apóstrofo diante de vogal, je ne vais pas, je ne chante pas, certo?
E: Tá. Alors, j'aime le cinéma et je n'aime pas la télévision.
H: Télévision.
E: Télévision. E como digo que, por exemplo, não gosto nem um pouco ou que gosto muito?
H: Je n'aime pas du tout, de jeito nenhum, e j'aime beaucoup, muito.
E: Certo, então, je n'aime pas du tout la télévision.
H: D'accord. Tu aimes le cinéma et quelle film tu me conseilles de voir ?
E: Hã, hum, conseilles? O que é conseilles?
H: Para aconselhar. Neste caso, para um filme, você usa os verbos conseiller e recommander, recomendar. Nesses casos, sim, usa a preposição de. Je te conseille de, je te recommande de, mais o infinitivo, ok? Donc, par exemple, je te conseille de voir les films de François Truffaut, et toi, qu'est-ce que tu me recommandes de voir ?
E: Je te recommande de voir les film d'Álex de la Iglesia. Je te recommande de voir ses film et tu a de voir le *Crimen Ferpecto*, falei direito?
H: Não. Bem, tu as de voir, não. Para dizer «tem que», não faça essa tradução literal. Em francês, o verbo ter, avoir, não é usado para expressar a obrigação.
E: Certo. Mas, para dizer «você tem que fazer algo», como seria?
H: Você usa o verbo devoir, dever, seguido do infinitivo. Tu dois faire tes devoirs, par exemple.
E: Certo, d'accord. Alors, tu dois voir *Crimen ferpecto*, c'est bien ?
H: Oui, très bien. E você se lembra que no programa tem uma seção sobre o meio ambiente?
E: Sim, la recyclage.
H: Exato. Em um trecho da entrevista, o diretor da empresa de reciclagem disse: «Vous devez trier les déchets». Vocês devem separar os resíduos. Mas você se lembra como ele disse que falta reciclar?
E: Sim, acho que com il faut, não?
H: Très bien. C'est un verbe impersonnel, il faut, seguido do infinitivo, il faut recycler. Também se pode dizer il est nécessaire de, mais infinitivo também, para dizer «é preciso», ou il est important de..., é importante.

E: Em português é parecido.
H: Sim.
E: Alors, on doit trier les déchets, il faut recycler et il est nécessaire de trier les déchets.
H: C'est bien, tu respectes l'environnement ! De que outra maneira seria possível dar uma ordem?
E: Dar uma ordem? Suponho que com o imperativo, não é? Como em português.
H: Oui, exacte, l'impératif. E você vai ver que o imperativo em francês é muito fácil, porque só tem três pessoas: tu, nous et vous; e, além disso, é igual ao presente, mas sem o pronome pessoal. Certo? Por exemplo o verbo danser. Primeiro vamos ver se você pode conjugar estas três pessoas no presente.
E: Vejamos... tu danses, nous dansons, vous dansez.
H: Oui, c'est ça. E para o imperativo, sem utilizar os pronomes.
E: Então seria danses! Dansons! Dansez!?
H: Oui, très bien. Mas cuidado, a segunda pessoa do singular não é escrita como no presente, não tem o «s» final, tá?
E: Certo. É a única diferença?
H: Sim.
E: Entendi.
H: Certo? Tu danses, no presente com «s», mas danse!
E: Danse! Imperativo, sem o «s».
H: Exacte. Et si tu aimes danser, Esmeralda, écoute l'émission à la radio sur la tecktonik.
E: Si tu aimes danser é como, é se você gosta de dançar, não?
H: Sim, exato. Como em português, ok? E, então, pode estar seguido de imperativo, si tu aimes danser, écoute le programme, ou pode estar seguido do presente, si tu as le temps, tu peux aller au cinéma, d'accord ?
E: Tá. Se você tem tempo, pode ir ao cinema.
H: Voilà. E você também pode usar esta forma para fazer comentários mais gerais: si on ne mange pas, on a faim. Se não comemos, temos fome.
E: Si on travaille trop, on est fatigué.
H: Exactement, c'est un exemple intéressant. Ok. Bon, alors, comme tu aimes étudier le français, pour finir je te propose un petit exercice récapitulatif. Je suis très fatiguée en ce moment, Esmeralda, qu'est-ce que tu recommandes de faire ?
E: Hã, une question : Qual é o imperativo de um verbo pronominal, por exemplo, se reposer? Como seria?
H: Boa pergunta. Junte toi, nous, vous, depois do verbo, ok? Quer tentar?
E: Ah, tá, então, repose-toi, reposons-nous, reposez-vous.
H: Parfait !

E: Tá. Alors, tu es fatigué, je te recommande de dormir, il faut mager des fruits et des légumes, parce que si on mange mal on tombe malade.
H: Uau, très bien !
E: Alors, prends des vitamines, repose-toi et, par exemple, écoute de la musique !
H: Hum... Bonne idée ! Je vais faire ça tout de suite.

COURS PARTICULIER 4
PISTE 06 ◀CD 2
Henry: Salut Esmeralda, qu'est-ce tu fais ?
Esmeralda: Estou vendo ofertas de trabalho.
H: Ah, tu es en train de regarder les offres.
E: Como? En train de ?
H: Oui. En train de plus infinitif é como o gerúndio em português, «está olhando». Tu es en train de regarder.
E: Ah, tá. Oui, jes suis en train de regarder les offres.
H: Mais, pourquoi ? Tu as déjà un travail.
E: Oui, mas como se diz «desejo»?
H: Ah, tu as envie de...?
E: Oui, j'ai envie de changer de travail, alors, c'est pour ça que je regarde les offres.
H: C'est le reportage sur les métiers insolites que t'as donné envie de changer.
E: Ah, oui, peut-être, mais je regarde aussi par curiosidade.
H: Par curiosité.
E: Par... par curiosité.
H: Oui, par curiosité. Você pode explicar o que estudou e qual a sua experiência profissional? Talvez eu tenha alguma ideia para você.
E: Bem, em francês?
H: Bien sûr. Qu'est-ce que tu as étudié ?
E: À l'école j'ai choisi l'option littéraire, pas la scientifique, puis j'ai fait o vestibular?
H: En France le système est différent, mais on peut dire que l'équivalent c'est le bac, le baccalauréat.
E: Hã, et alors...
H: Et après ? Tu es allée à université ?
E: Oui, mais... Um momento, por que você disse «tu es allée» e não «tu as allé»?
H: O passé composé, como o nome indica, é um tempo composto, se forma com um auxiliar mais particípio. Em francês, há dois verbos auxiliares: avoir e être.
E: Tá. E qual devo usar?
H: A maioria dos verbos é conjugada com avoir e, fora eles, tem catorze verbos que são conjugados com être. Você pode memorizá-los aos pares.
aller/venir, entrer/sortir, monter/descendre, naître/mourir, arriver/partir, passer/retourner et rester/tomber.
E: Tá.

COURS PARTICULIER 161

H: Je peut t'expliquer une historie pour les mémoriser. Un monsieur est allé excursion, il est venu de la vallée, il arriva au pied de la montagne. Il est monté au refuge. Là, il est entré et il est resté au refuge quelques heures pour se reposer. Puis, il est sorti et il est descendu de la montagne. Il est tombé avant l'arrivé en bas. Finalement il est parti dans la direction opposée, il est passé par unvillage et il est retourné chez lui.
E: Tá...
H: Tu vois, c'est facile. Também são conjugados com être os verbos pronominais também, se reposer, se lever, se préparer. Il s'est reposé une heure, par exemple, «descansou uma hora».
E: Bem, não parece muito complicado.
H: Non... Alors, Esmeralda, je reviens à ma question : tu as fait des études universitaires ?
E: Oui, je suis allé à l'université, j'ai étudié le journalisme.
H: Combien de temps ont duré tes études ?
E: J'ai étudié pendant cinq ans et depuis j'ai cherché un travail.
H: Depuis ?
E: Sim, «depois», não?
H: Não, «depois» é après. Depuis é «desde» ou «a partir».
E: Ah, tá, é verdade. Alors, et après j'ai cherché un travail. Après l'université, j'ai cherché un travail.
H: Très bien. Na Espanha?
E: Non, je suis allé en Angleterre.
H: Oui, d'accord. Et combien de temps tu es resté là-bas ?
E: Je suis resté là-bas pendant trois ans et après j'ai retourné.
H: Je suis retourné.
E: Aiiii... Je suis retourné. Je suis retourné en Espagne, finalement.
H: Ok. Très intéressant. Donc tu as vécu, «viveu», en Angleterre de quelle année à quelle année ?
E: De... j'ai oublié. De 2003 até... como é «até»?
H: Jusqu'à.
E: Desde 2003 jusqu'à 2006.
H: D'accord. E você tem ideia do que está procurando? Que tipo de trabalho você quer? Que qualidades você tem? Quels sont tes qualités ?
E: Moi, je suis ouvert.
H: Ouverte !
E: Ouverte !
H: Tu n'es pas un garçon...
E: Non... Alors, je suis ouverte et je sais m'adapter-moi.
H: Non, je sais m'adapter. Quando você usa um pronome, vai na frente do verbo. Depois veremos isso com mais detalhes.
E: Tá. Et je suis..., como se diz muito?
H: Assez.
E: Assez... Je suis assez organisé.
H: Est-ce que tu as intérêt par une des professions présentés par l'émission ?
E: Acho que c'est difficile. Le nez, impossible pour moi. Je n'ai pas qualités olfactives et je ne suis patient.
H: Je ne suis pas patient.
E: Je ne suis pas patient.
H: Non ? Tu n'auras pas la patience d'apprendre les odeurs ?
E: Acho que não.
H: Et le chasseur ?
E: Hum... moi, je n'aime pas la chase. Donc, pas possible.
H: Non, plus. Pas possible, non plus.
E: Pas possible, non plus.
H: Et le guide ?
E: Le guide... ouf... je ne suis pas sportif et je ne suis pas... não tenho facilidade para les langues, para as línguas.
H: Tu n'es pas doué pour les langues ? Mais, si, mais, si, qu'est-ce que tu racontes ! Tu as fait beaucoup de progrès.
E: Bom, obrigada! De qualquer forma, esse trabalho parece muito consativo.
H: Muito, c'est vrai. Ça a l'air fatigant. A expressão avoir l'air é usada para dizer «parecer». Mais, tu les connaissais ces professions ?
E: Não, não.
H: Tu n'en as jamais entendu parler.
E: Não... como é, o que é esse en, j'en ai?
H: É o que eu queria explicar, os pronomes de complemento. São pronomes que substituem um complemento para evitar a repetição. Também existem em português, mas em francês há mais alguns. Vendo com exemplos será mais fácil. Se você diz: j'achète les fleurs.
E: Tá, «eu compro as flores».
H: E, depois, ponho-as em um vaso. Você diria « je les met dans vase ». «As» substitui «as flores» e, em francês, les substitui «les fleurs». É basicamente o mesmo, certo? A forma do pronome depende de ele ter a função de complemento direto ou indireto.
E: Certo.
H: Il voit Marie, Il regarde la télé. Nous écoutons la radio. Vejamos, il voit Marie, com pronome seria?
E: Il la voit.
H: Oui, ok. Elle regarde la télévision ?
E: Elle la regarde.
H: Très bien ! Nous écoutons la radio.
E: Nous la écoutons, non ?
H: Não, não. Diante de vogal, usa-se l apóstrofo, « nous l'écoutons ».
E: Nous l'écoutons.

H: Certo? Também existem complemento indiretos introduzidos pela preposição «à»: il offre des caudeaux à son frère. Il téléphone à sa mère.

E: Certo, então, aqui, qual seria a forma? Também seira le ou la?

H: Não, não, não. Para a terceira pessoa do singular, seria lui. Il lui offre des cadeaux. Il lui téléphone.

E: E é a mesma forma para o masculino e para o feminino?

H: Sim. Mas cuidado, somente para pessoas. E a terceira pessoa do plural é leur: L-E-U-R.

E: Leur.

H: Se eu disser: Il envoie un message à ses amis.

E: Sim, seria «il leur envoie un message».

H: Oui, très bien, très bien !

COURS PARTICULIER 5
PISTE 07 ◀CD 2

Henry: Esmeralda ?

Esmeralda: Oui ?

H: Tu viens au cours de français avec tes valises maintenant !

E: Ah, oui, parce qu'après le cours je pars de week-end.

H: Tu pars **en** week-end.

E: Je pars en week-end.

H: Tu pars ! Et tu vas où ?

E: Je vais... vejamos, eu me lembro, je vais... aller à..., depois vem o lugar, la montagne. Aller à la montagne. Como é uma palavra feminina, então, je vais à la montagne.

H: À la montagne. Oui, très bien. E se o nome for masculino? Por exemplo, le théâtre?

E: Então, seria je vais au théâtre?

H: Au théâtre, très bien ! Et tu vas à la montagne dans un village ?

E: Oui, je vais à la maison des grands-parents.

H: Ok, à la maison des grands-parents. Mas é melhor dizer... quando você quer dizer «para a casa de» se usa a preposição chez. Tu vas chez tes grands-parents. D'accord ?

E: Ok, je vais chez mes grands-parents.

H: D'accord ? Comment tu dis «em minha casa»?

E: Então, vamos ver, «em minha casa», chez, seria... chez moi, né?

H: Très bien, c'est ça, c'est ça.

E: Alors, je vais chez me grands-parents... et e a vila fica, vamos ver, fica a cento e vinte quilômetros daqui, perto de uma estação de esqui... não sei como dizer isso.

H: Bem, estação de esqui é parecido: une station de ski. E «aqui» é ici. Para indicar onde fica um lugar, les prépositions de lieu, comme dans, chez, sur, près de etc. «Na rua», «na vila», por exemplo, se traduzem por dans, dans la rue, dans le village.

E: Dans la rue, dans le village.

H: Sim. «Na» é dans a maioria das vezes, mas há diferenças. Por exemplo, em português, se diz «na praça», mas em francês, sur la place.

E: Certo.

H: Sur também siginifca «sobre». Il y a un cahier sur la table, «tem um caderno em cima da mesa».

E: Certo.

H: A preposição «a» serve para indicar a distância. «A» mais quilômetros, é o que você queria dizer.

E: Como em português.

H: Sim. À cent vingt kilomètres d'ici. Um exemplo, un exemple: où est l'école de langues ? L'école est dans la rue Auguste Blanchard, près du centre commercial, à cinq kilomètres de la piscine municipal.

E: Entendi, mas não seria près de centre comercial, non ?

H: Près de, non, «perto de». Quando é seguido de um nome masculino, converte-e em près du, de + le= du. D'accord ? Près du centre commercial. «perto do centro comercial» E quando é seguido de um nome masculino, converte-se em près de la, d'accord ? Não muda. Près de ville, «perto da cidade» près de la piscine, «perto da piscina». Alors, dis-moi, où est le village?

E: Certo. Chez, dans, sur, près de, à, vamos ver: le village est près de la statione de ski, à cent vingt kilomètres d'ici.

H: Bon.

E: Tenho muita vontade de ir.

H: Eu também. Mas paciência, né? Estar com vontade de fazer alguma coisa, expressar um desejo, em francês se usa a construção avoir envie de, «desejar», mais infinitivo. Tu as envie de partir ?

E: Exato. J'ai envie de partir et j'ai envie de skier, estou com vontade de esquiar.

H: Très bien, très bien. Com certeza você pode fazer isso, fazer muitas atividades ali, não?

E: Sim.

H: Alors, para me contar, você pode usar «fazer», «faire», «poder», «pouvoir» ou «querer», vouloir, hã? C'est facile. Por exemplo, «quero ir»:

E: Je veux aller.

H: «Posso sair»:

E: Je peux sortir.

H: Muito bem, ok? Esses verbos são usados diretamente, com o infinitivo depois, ok? Alors, para falar das atividades, se você faz esporte, por exemplo, também se usa o verbo faire. Je fais, tu fais, il fait, nous faisons, vous faites, ils font.

E: Certo. Faire é irregular, né?

H: Sim, é irregular. Você tem que memorizá-lo. Uma coisa importante: fazer um esporte, em francês, é faire mais un article partitif. D'accord ? Par exemple: faire du... mais um nome masculino: faire du sport.

E: Certo.
H: Faire de la... mais um nome feminino: faire de la natation.
E: Certo.
H: Faire de l'... mais um nome que comece com vogal ou «h»: faire de l'équitation, par exemple. D'accord ? Donc, les articles partitives sont du, de la, de l', des. D-E-S.
E: Certo.
H: Não se esqueça dos partitifs, já que em português você diria simplemente «faço esporte», sem nenhum artigo. Alors, qu'est-ce que tu fais à la montagne ?
E: À la montagne, j'ai fais du sport...
H: Du sport.
E: Du sport. J'ai fais du ski.
H: Oui, d'accord. Et qu'est-ce que tu peux faire d'autre dans ton village ?
E: Je peux faire de la randonnée.
H: D'accord, ir em excursão. Faire de la randonnée.
E: Hâ... Il ya une piscine. Donc, je peux faire de la natation. Je peux danser à la discothèque, la nuit.
H: Très bien ! Vejamos mais coisa: para descrever um local, indicar o que tem, usamos il y a, por exemplo, o que você disse, il y a une piscine. Mas para «não tem», você dirá il n'y a pas de.
E: Il n'y a pas de.
H: Oui. «De» não muda conforme o gênero, pode ser masculino ou feminino. Il n'y a pas de piscine, il n'y a pas de théâtre, d'accord ?
E: Hum hum...
H: Alors, essaie de me décrire ton village.
E: Dans mon village, il y a des restaurants, il y a un grand parc, il y a un clubde gymn, il y a un sauna...
H: Un sauna.
E: Un sauna. J'adore. Il n'y a pas grands magasins, mais il y a des petits boutiques.
H: Ah, tu as la chance, hein ? Moi aussi, j'aime la montagne et le ski, mais je ne peux pas partir ce week-end. Et comment sont les restaurants ?
E: Ah, c'est très bon. Il y a un restaurant où nous pouvons mangerprès de uma chaminé.
H: Une cheminée.
E: Une cheminée.
H: Et tu dis «nous», c'est correct, mas quando fala no geral, em português você diria «se come», «se faz», não?
E: Sim, sim.
H: Pois em francês, você pode usar o pronome indefinido: on.
E: On? Ou seja, on peut manger près de la cheminée.
H: Très bien, c'est agréable ! Et qu'est-ce que tu manges en général ?
E: Je mange des légumes.
H: Légumes.

E: Du poission.
H: Peixe.
E: Du fromage.
H: Queijo.
E: Adoro a cozinha francesa.
H: An bon, c'est bien. Alors, os partitivos são usados diante de quantidades indefinidas. «legumes», des légumes; «peixe», du poisson, masculino; du fromage, masculino também Certo? Isso é muito importante. Alors, si tu aimes la cuisine française, je te conseille d'écouter les émissions de Jean-Paul Fock. Il propose des recettes intéressantes.
E: Certo.
H: Nossa, está ficando tarde! À quelle heure est-ce que tu pars?
E: L'heure, l'heure é a hora, né? Como se indica a hora? Não me lembro.
H: A pergunta é Quelle heure est-il ? Certo? E para responder, il est..., sempre, mais a hora, mais a palavra heure, ok?
E: Certo, ou seja, il est 10.
H: Il est dix heures, ils cinq heures, não se pode dizer il est dix. Você tem sempre que dizer heures no final.
E: Certo.
H: A seguir, para dizer e «meia», et demie.
E: Il est di heures et demie.
H: Voilà, e «quinze», et quarte.
E: Il est neuf heures et quarte.
H: Et quart, et quart.
E: Et quart.
H: Très bien. E «quinze para», moins le quart.
E: Ah, com o artigo?
H: Oui. Não se esqueça. E atente para a pergunta: à quelle heure tu pars ?, usamos o «a», que se repete na resposta: à quelle heure tu pars ? Je pars à. À quelle heure tu pars?
E: Je pars à dix-huit heures et demie...
H: Não, não, não. Dix-huit heures trente.
E: Ah, tá. Je pars à dix-huit heures trente ou à six heures et demie.
H: Voilà. Ok. Et comme est-ce que tu pars ?
E: Je pars en voiture.
H: Muito bem, en voiture. Ok. Usamos a preposição en para métro, voiture, train, avion, bus, car, quer dizer, metrô, carro, trem, avião, ônibus, ônibus de excursão. Em contrapartida, usamos «a» para à pied, à cheval, a cavalo, à vélo, de bicicleta, ou à moto, de moto.
E: Tá. Então...
H: As preposições são usadas com verbos como voyager, partir, venir, aller, mas com outros, como prendre, tomar, não são usadas. Certo? Je prends le train.
E: Certo, então, quando são veículos de rodas, é

164 COURS PARTICULIER

o «à», não? À vélo, à moto, de bicicleta, de moto. Certo, então, je pars en voiture, mais quelquefois je prends le train, ou je voyage en train. Mais je préfère la voiture.

H: Pourquoi ?

E: Parce que je pense que c'est pratique. Além de je pense que..., como eu poderia expressar a opinião de outra maneira? Sempre digo je pense que.

H: Bem, você tem je pense ou je trouve que ou je crois que, esses você conhece, não? Todas essas formas vão seguidas de um verbo no indicativo, mas, se as frases forem negativas, vão seguidas de subjuntivo.

E: Entendi.

H: Certo? Outra maneira de expressar opinião é com as expressões à mon avis, selon moi ou d'après moi.

E: À mon avis selon moi, d'après moi.

H: Alors, pourquoi tu préfères la voiture ?

E: À mon avis la voiture est un moyen de transport pratique, rapide et confortable.

H: D'accord. Et le train ?

E: Je trouve... Je trouve que le train est lent, lento? Je pense qu'on attend beaucoup. Ah, il est six heure moins le quart, tu dois partir !

H: Oui, c'est l'heure. Très bien. Aprendemos muitas coisas hoje.

E: Oui, je trouve que nous avons bien travaillé.

H: Alors, c'est vrai. Profite de ton week-end à la montagne, est à très bientôt !

E: Merci. Je veux skier et pratiquer mon français avec les touristes. Je pars en week-end.

COURS PARTICULIER 6
PISTE 08 ◀CD 2

Henry: Alors, Esmeralda, ce week-end a été bon à la montagne ? Tu as bien skié ?

Esmeralda: Oufff..., non. No fim, acabei não indo, je n'ai pas allé.

H: Je ne **suis** pa allé à montagne.

E: Je ne **suis** pas allé à montagne.

H: Je n'y suis pas allé.

E: Je n'y suis pas allé.

H: Ah, bon ? Et pourquoi ?

E: Bon c'est un peu compliqué, não sei se consigo explicar em francês. Primeiro... como se diz «primeiro»?

H: D'abord.

E: D'abord. Então, d'abord o pessoal que ia conosco concelou. Como digo «ia» e «cancelou»?

H: Ia é imperfeito em português e também em francês, entendeu? Em francês é allait.

E: Allait.

H: Mas não se esqueça de que «o pessoal», em francês, é...

E: Ah, sim, é verdade... les gens, no plural.

H: Sim. Então, é outra forma, mas se pronuncia igual, les gens allaient.

E: Certo.

H: Depois eu explico em detalhes, ok? E, então, depois você quer dizer «cancelou» ou «cancelaram», já que será no plural em francês. Você lembra do que vimos na aula passada?

E: Ah, sim.

H: Que tempo do passado estudamos?

E: Passé composé.

H: Sim. E você lembra que expliquei que, para dizer «comi», em francês, usamos le passé composé?

E: Sim é verdade. O mesmo tempo, sim.

H: Pois aqui também «cancelaram» passé composé em francês, tá? Então, será...

E: Ils ont cancelé?

H: Bien essayé, c'est presque ça, mais on dit annuler, pas canceler, d'accord ? Donc, ils ont...

E: Ils ont annulé.

H: Annulé, oui. D'accord.

E: Alors, les gens qui allaient venir ont annulé.

H: Parfait ! Et pourquoi est-ce qu'ils ont annulé ?

E: Je ne sais pas. Je n'ai pas compris bien pourquoi.

H: Je n'ai pas bien compris.

E: Je n'ai pas bien compris.

H: Quando você usa um advérbio com um verbo no passé composé, o advérbio costuma ir entre o auxiliar e o particípio. Por exemplo: il a bien dormi, nous avons beaucoup travaillé.

E: Certo. Então, je n'ai pas bien compris. Je croix que... «havia», como é?

H: Il y avait.

E: Je croix qu'il y avait quelqu'un malade dans leur famille.

H: Olha, quando você usar quelqu'un ou quelque chose e quiser completar essas palavras, terá que usar a preposição «de» antes, tá? Quelqu'un de malade dans leur famille.

E: Tá. Quelqu'un de malade dans la famille. Ok. Après ça...

H: Après ça ?

E: Après ça. Como se diz «não tínhamos»?

H: Nous n'avions pas de.

E: Oui. Nous n'avion pas de voiture parce qu'elle est au garage pour une réparation. Alors, on est resté ici, on est allé au cinéma.

H: Ah, oui ? Et qu'est-ce que vous avez vu ?

E: Un film de Wong Kar-Wai, *My Blueberry Nights*.

H: Et ça a été bon, ça t'as plu ?

E: Oui, mais tu peux m'expliquer les temps de... é que já estou me perdendo, os tempos do passado.

H: Certo, certo. Vejamos, para falar de coisas no passado, por exemplo, para me explicar seu fim de semana passado, você vai precisar de pelo menos dois tempos do passado. Le passé composé et l'imparfait, o imperfeito. O passé composé, você

já sabe que corresponde a um tempo verbal em português; você pode traduzir: «eu fui».
E: Seria o pretérito perfeito.
H: Sim, sim. E o imperfeito é o mesmo tempo do português. E em francês serve para a mesma coisa, pelo menos quando você o utiliza para falar do passado. Certo?
E: E você pode me explicar de novo como se constrói?
H: Claro, claro. O passé composé é composto. Ele se forma com o auxiliar avoir ou être e o particípio do verbo. Lembra?
E: Sim, sim. Mas vejamos, você me disse que os particípios tinham... havia formas diferentes, né? Tinham formas diferentes.
H: Sim, mas cada verbo tem somente um particípio. Vamos ver, todos os verbos terminados em «er», formam o particípio com «e», que é um «e» com um acento.
E: Ou seja, manger, eu comi, seria j'ai mangé.
H: J'ai mangé, j'ai parlé. D'accord? É muito fácil. A seguir, há outros particípios que têm diferentes terminações, mas nem sempre você pode vinculá-las com algum tipo de infinitivo, sabe? O melhor é aprender a forma do particípio quando você aprende o verbo novo. É o mais fácil.
E: Como se forma o imperfeito?
H: O imperfeito é um tempo simples, não tem auxiliar. É formado a partir do presente, na verdade, a partir da raiz do verbo na primeira pessoa do plural. A essa raiz você adiciona a terminação que precisar.
E: E quais são as terminações do imperfeito?
H: A-I-S para a primeira e a segunda pessoa do singular; A-I-T para a terceira pessoa do singular; I-O-N-S para a primeira do plural; I-E-Z para a segunda do plural e A-I-E-N-T para a terceira do plural.
E: Certo. Parece simples, mas, vamos ver, antes, você me disse que algumas eram pronunciadas igual, não?
H: Sim. De fato, todas do singular e a última do plural se pronunciam «e». É muito fácil. Vejamos um exemplo. Conjugue o verbo faire, por exemplo, na primeira pessoa do plural do presente.
E: Do presente?
H: Sim.
E: Nous faisons.
H: Nous faisons. Certo? Então, qual é a raiz?
E: É fais.
H: É F-A-I-S.
E: F-A-I-S, né?
H: Très bien, fais, ok ? Então, e no imperfeito?
E: Ok, então, seria je faisais, tu faisais, il elle ou on faisait, nous faisions, vous faisiez, il faisaient.
H: Faisaient.
E: Faisaient.
H: Faisaient. Parece complicado, mas é muito fácil de pronunciar. Certo?
E: Certo.
H: E é usado da mesma maneira que em português. Vou lhe dar um exemplo e você tenta me explicar como se usa.
E: Certo.
H: Hier, je suis allée à la plage. Il faisait très beau, alors il y avait beaucoup de gens sur le sabel et j'ai eu du mal à trouver une place.
E: Certo, você disse «ontem eu fui à praia», «o tempo estava ótimo» e «havia muita gente na areia», não? E depois...
H: J'ai eu du mal à trouver une place, «foi difícil encontrar um lugar». Entendeu?
E: Entendi.
H: Tu as compris ? Você viu, é o mesmo que em português, né? Vamos ver, tente resumir quando é usado.
E: Certo, ou seja, o imperfeito, l'imparfait, seria usado... é usado para fazer descrições, não? No passado, por sua vez, o passé composé é usado para relatar os acontecimentos.
H: Sim. Perfeito. Alors, reconte-moi la suite de ton week-end.
E: D'accord, Alors, après le film, on est allé dîner au restaurant. C'était très bon.
H: Qu'est-ce que vous avez mangé ?
E: Je ne me..., como se diz «se lembrar»?
H: Se rappeler ou se souvinir.
E: Certo, je ne souviens pas du nom. C'était exotique. Il y avait une sauce, hum, délicieux. Et dimanche nous sommes allés faire du vélo après le peit déjeuner, il faisait très beau, puis nous avons mangé des tapas et nous sommes rentrés à la maison pour regarder un DVD.
H: Quel DVD ?
E: Un film français, Amélie.
H: Ahm et c'était la première fois que tu le voyais ?
E: Nonm je l'ai déjà vu plusieurs fois.
H: Et il t'as plu ?
E: Plu ? O que é?
H: Gostou.
E: Sim, sim, gostei muito. Il m'a beaucoup plu. Je trouve que c'est un film très original.
H: Moi aussi, je vais au cinéma ce soir. Je te rancoterai la prochaine fois.
E: D'accord, salut !
H: Alors, au revoir, à bientôt !

COURS PARTICULIER 7
PISTE 09 ◀CD 2

Henry: Bonjour Esmeralda.
Esmeralda: Bonjour Henry.
H: Qu'est-ce que tu fais ?
E: Je regarde un catalogue de meubles.
H: Ah ! Et qu'est-ce que tu veux acheter ?
E: Je veux acheter un cadeau pour une amie. Ela vai se mudar na semana que vem, e estou procurando algo meio original para o seu apartamento.
H: Ah, elle déménage à la semaine prochaine ? Et quel type d'objet tu cherches ?
E: Hum... un objet que... non... un objet qui. Que ou qui ? Qual a diferença?
H: Ah, «qui» et «que» sont des pronoms relatifs. Vou dar dois exemplos para que você mesma encontre a regra.
E: Ok.
H: Se eu disser: La femme qui passe est belle e la femme que je regarde est belle. Na primeira frase, a que o «qui» se refere?
E: Certo. «Qui» se refere a la femme, que é o sujeito.
H: Oui. C'est le sujet. Et la seconde phrase, a que se refere o «que»?
E: Ok. Também se refere a «la femme», mas aqui não é o sujeito, o sujeito é «je».
H: Não, não é o sujeito, certo? Dans la deuxième phrase «la femme» est complément d'objet direct. Então, para resumir, «qui» substitui o complemento direto, certo? Vamos tentar com exemplos. Décris-moi l'objet que tu veux acheter pour ton amie. C'est un objet que... c'est un objet qui...
E: Ok. Vou tentar. C'est un objet que tu peux utiliser tous les jours. C'est un objet que tu peux utiliser pour lire.
H: Très bien. Lembre-se, «que» remplace le complément d'objet direct de la phrase qui suit. Agora tente com o «qui».
E: «Qui»... «Qui» se refere ao sujeito, então eu poderia dizer: c'est un objet qui est joli...
H: Oui.
E: C'est un objet qui éclaire une pièce.
H: Très bien. Qui éclaire une pièce, que ilumina uma residência. «Qui» remplace le sujet. E agora, se você quiser me dizer para que serve o objeto, o que pode dizer?
E: Vejamos: Cet objet... serve para, como se diz «serve para»? Não conheço esse verbo.
H: É muito fácil. Tu peux utiliser le verbe «servir à», «servir à», suivi de l'infinitif, ou também «permettre de...» aussi suivi de l'infinitif. São verbos com preposição e vão seguidos de um infinitivo. Você também pode usar a construção «c'est» + adjetivo + «pour» + infinitivo. Por exemplo: c'est pratique pour... plus infinitif. E para não repetir «cet objet» toda vez, o que você pode usar?
E: Humm... «ça»?
H: Exactement. D'accord ? Ça sert à... plus infinitif ou ça permet de... plus infinitif. Alors, à quoi sert cet objet ?
E: Tá. Cet objet sert à illuminer une pièce et ça permet de décorer une pièce.
H: Très bien. Ok. Et dis-moi, qu'est-ce que c'est ?
E: C'est une lampe.
H: Ah, très bone idée ! Et comment elle est ?
E: C'est une lampe rouge et très jolie. C'est une lampe... comment tu dis... de tecido ou de algum material?
H: Você tem que usar uma preposição, a preposição «en». C'est un lampe en bois, «de madeira», en métal, «de metal», ou en plastique, «de plástico» e «de tecido», en tissu.
E: Ah, tá: c'est une lampe en tissu.
H: Ah, oui ? Ce sera un joli cadeau ! E terá uma festa em seu novo apartamento?
E: Oui. Nous allons faire une fête.
H: bom. Você já usou o futur proche, «nous allons faire», mas eu usei o futuro, «sera», ce sera un joli cadeau. Será ou «sera» é o futuro do verbo être na terceira pessoa do singular. É um verbo irregular, e o futuro é: je serai, tu seras, il sera, nous serons, vous serez, ils seront. Mas para os verbos regulares é fácil: você usa o infinitivo e acrescenta as terminações; A-I; A-S; A; O-N-S; E-Z ou O-N-T. É como o verbo avoir no presente, mas como terminação. Por exemplo, com os verbos do primeiro grupo, se digo: préparer une fête et acheter un cadeau, você pode transformá-los em futuro?
E: Certo. Então, por exemplo: samedi prochain nous préparerons une fête pour notre amie et dans deux jours j'achèterai la lampe.
H: Bravo!
E: Ok. E se eu quiser dizer que os presentes serão úteis para a casa, então presentes será o sujeito da frase, portanto iria seguido de «qui». Certo, então, seria: nous achèterons des cadeaux qui seront utiles pour son appartement.
H: Muito bem. Très bien. E se quiser dizer que vocês comprarão presentes que a sua amiga utilizará?
E: Certo, aqui presentes é complemento direto, portanto, seria: nous achèterons des cadeuax «que» notre amie utilisera.
H: Parfait ! Não se esqueça de que você pode praticar tudo isso na seção Le trucmuche do programa, lembra?
E: Sim, sim. Je l'écouterai. Cette émission plaît à moi.
H: Non: cette émission me plaît.
E: Hum. Cette émission me plaît.

H: Certo? Ça me plaît. Todos esses verbos que se chamam verbos de afeição ou de sentimento podem ser usados com «ça» como sujeito, certo? Ça me plaît ?
E: «Me agrada».
H: Ça m'irrite.
E: «Me irrita».
H: Ça m'agace.
E: «Me deixa nervosa»
H: Oui. Ça me dérange ?
E: «Me incomoda», não?
H: Oui, c'est ça. Então, tu aimes les fêtes ?
E: Oui, ça me plaît beaucoup, mais les musiques trop fortes, ça me dérange.
H: Très bien. Amuse-toi bien à la fête de to ami, tu me raconterais ?
E: Ça marche !

SOLUTIONS

PISTE 01 CD 1

1. 1. Claire et Stéphane ; 2. la langue française, la gastronomie, l'histoire, la culture, les voyages, le sport, la technologie

2. **Noms** : culture (cultura), langue (língua), émission (programa), cuisine (cozinha), expérience (experiência), chose (coisa)
Adjectifs : heureux (feliz), francophone (francófono), passionnant (apaixonante), divertissant (divertido), amusant (divertido/engraçado)
Verbes : croire (acreditar), parler (falar), apprendre (aprender), participer (participar)

3. **Mots masculins** : apprentissage, métier, paysage / **Mots féminins** : technologie, émission, culture, francophonie, tradition, recette, bande-dessinée, littérature

4. **Article défini** : le, l', la, les
Article indéfini : un, une, des
Adjectif démonstratif : ce, cet, cette, ces

5. (De cima para baixo e da direita para a esquerda)
Artigo definido: l', le, le, les, l', les, l', la, la, la, les, le, l', la / **Artigo indefinido:** une, des, un/des, des, une, un

6. **ce** : programme, français, présentateur, pays / **cet** : homme / **cette** : équipe, histoire, émission, durée, francophonie, gastronomie, autre voix, culture, langue / **ces** : oreilles, jours, gens, invités, pays

7. parle, parles, parle, parlons, parlez, parlent

8. 1. parlons, 2. étudie, 3. m'appelle / t'appelles, 4. animent, 5. aimez.

9. 1. Je ne connais pas Paul. 2. Ils n'apprennent pas le français. 3. Tu ne vas pas au cinéma. 4. Nous ne sommes pas espagnols. 5. Vous ne voulez pas voyager en France.

10. sommes, êtes, sont

PISTE 02 CD 1

1. 1. f, 2. v, 3. v, 4. v, 5. f

2. 1. les chats, 2. les voitures, 3. ces hommes, 4. ces femmes, 5. les gaz, 6. les nez, 7. des Français, 8. des jeux, 9. des journaux, 10. les peaux

3. 1. de gros bateaux, 2. des filles intéressantes, 3. des journaux, 4. des amis sympathiques

4. **aller + infinitif** : nous allons découvrir, (il) va interroger, vous allez voir, nous allons faire connaissance, nous allons (vous) présenter / parler / emmener / donner envie, on va (vous) faire danser, nous allons essayer / recevoir, (ils) vont (nous) parler, on va donner, (ils) vont pouvoir (nous) appeler, (ils) vont pouvoir participer, vous allez trouver

5. il / elle : son, sa, ses ; **nous** : notre, nos ; **ils / elles** : leur, leurs

6. 1. sa, son, 2. ses, 3. notre, 4. nos, leur, leurs

7. 1. quelques, 2. peu d', 3. beaucoup / peu de, 4. beaucoup de, 5. un peu de, 6. beaucoup d'

8. 1. d, 2. h, 3. i, 4. a, 5. e, 6. g, 7. f, 8. b, 9. c

PISTE 03 CD 1

1. **Alberto:** pelos estudos, **Lise:** porque gosta da cozinha e da literatura francesa, **Jordi:** para poder trabalhar na África, **Sven:** por amor

2. 1. f, 2. f, 3. v, 4. v, 5. f, 6. v, 7. v, 8. f, 9. f, 10. f, 11. v, 12. v

3. espagnol, anglaise, espagnol, française, suédois

4. islandaise, grec, russe, chinois, brésilienne, autrichien, tchèque, argentin

5.
1. l'Islande
2. la Norvège
3. la Suède
4. la Finlande
5. la Russie
6. la Hollande
7. la Belgique
8. l'Allemagne
9. la Pologne
10. la République Tchèque
11. la Slovaquie
12. la France
13. la Suisse
14. la Slovénie
15. la Croatie
16. la Serbie
17. le Portugal
18. l'Espagne
19. l'Italie
20. la Grèce

6. **avoir** : avons, avez, ont ; **apprendre** : j'apprends, ils / elles apprennent ; **faire** : fais, fais, fait ; **entendre** : entends, entendez

7. 1. dans, 2. dans, à, 3. de, en, au, au, en, 4. en, en ; (tabla) au, en

8. 1. Il y a beaucoup de monde dans la rue. 2. C'est une belle ville. 3. Il y a beaucoup de bons écrivains. 4. C'est intéressant. 5. Il y a peu de parcs à Barcelone. 6. Ce n'est pas très difficile. 7. C'est un peu ennuyeux. 8. Ce n'est pas un pays nordique.

PISTE 04 CD 1

1. 1. v, 2. f, 3. v, 4. f, 5. f, 6. v, 7. f, 8. v

2. grand-père, grand-mère ; père, mère ; oncle, tante ; frère, sœur, moi ; cousin, cousine

3. **35** trente-cinq, **36** trente-six, **37** trente-sept, **38** trente-huit, **39** trente-neuf, **43** quarante-trois, **44** quarante-quatre, **45** quarante-cinq, **46** quarante-six, **48** quarante-huit, **49** quarante-neuf, **53** cinquante-trois, **54** cinquante-quatre, **56** cinquante-six, **57** cinquante-sept, **58** cinquante-huit,

59 cinquante-neuf, **65** soixante-cinq, **66** soixante-six, **68** soixante-huit, **69** soixante-neuf, **73** soixante-treize, **74** soixante-quatorze, **75** soixante-quinze, **76** soixante-seize, **77** soixante-dix-sept, **78** soixante-dix-huit, **79** soixante-dix-neuf, **83** quatre-vingt-trois, **84** quatre-vingt-quatre, **85** quatre-vingt-cinq, **87** quatre-vingt-sept, **88** quatre-vingt-huit, **89** quatre-vingt-neuf, **93** quatre-vingt-treize, **94** quatre-vingt--quatorze, **95** quatre-vingt-quinze, **96** quatre--vingt-seize, **97** quatre-vingt-dix-sept, **98** quatre-vingt-dix-huit, **99** quatre-vingt--dix-neuf

4 1. traductrice-interprète, 2. professeur, 3. musiciens, 4. pianiste, 5. avocat, 6. étudiante, 7. femme au foyer, 8. actrice

5 **Masculin :** animateur, avocat, musicien, professeur, pianiste / violoniste. **Féminin :** traductrice, actrice, interprète, comédienne, étudiante

6 Quel âge vous avez ?

7 ma, mon, ma ; ton, ta ; ma ; votre ; vous ; leur ; eux ; eux, ma, son ; ton ; mes

PISTE 05 CD 1

1 1. f, 2. v, 3. f, 4. v, 5. v, 6. f, 7. v, 8. f, 9. f, 10. v, 11. v, 12. v, 13. v

2 la baie, la plage de sable, les rochers, la mer, la côte, la falaise, la préfecture

3 1. Il n'y a pas de livre sur la table.
2. Il n'y a pas l'électricité dans ce village.
3. Il n'y a pas de monuments à voir dans cette ville.
4. Il n'y a pas de maisons à colombages.
5. Il n'y a pas la montagne ici.
6. Il n'y a pas d'arbres sur cette colline.

5 1. S'il fait froid demain, nous resterons à la maison.
2. Si vous aimez la mer, vous pouvez aller en Normandie. C'est très joli.
3. Il pleut beaucoup dans cette région, mais aujourd'hui il fait beau / du soleil.
4. Il y a beaucoup de choses à voir dans cette ville, n'est-ce pas ?
5. Dans ce village, il n'y a rien a faire. C'est très ennuyeux.
6. Demain, nous allons aller à la plage.
7. À Sète, dans le sud de la France, il y a / il fait toujours beaucoup de vent.

PISTE 06 CD 1

1 1. quatre, 2. une femme et trois hommes, 3. La Courneuve, 4. directeur de l'usine de recyclage, 5. trois, 6. aux consommateurs

2 1. f, 2. v, 3. f, 4. f, 5. v, 6. f

3 1. faire le ménage, 2. repasser, 3. faire la cuisine, 4. mettre la table, 5. sortir la poubelle, 6. faire son lit, 7. faire la poussière, 8. passer l'aspirateur, 9. laver le linge, 10. faire la vaisselle, 11. débarrasser la table, 12. trier les déchets, 13. ranger ses affaires, 14. balayer

4 1. faire la vaisselle, 2. repasser, 3. ranger, faire, 4. passer l'aspirateur, 5. sortir la poubelle, 6. débarrasser, 7. balayer, 8. lave le linge

5 1. quelquefois, 2. toujours, 3. jamais

6 1. trois fois par semaine, 2. matin, 3. souvent, 4. tous les jours, 5. le mardi soir, 6. le jeudi, 7. soir

7 1. dois, 2. devez, 3. doivent, 4. dois, 5. devons, 6. doit

8 1. est nécessaire de, 2. il faut penser à, 3. devons, 4. faut, 5. est important de

PISTE 07 CD 1

1 Claire : 1, 4, 7, 8 / Stephane : 2, 4, 6, 8 / Pauline : 3, 5, 9

2 1, 7, 3, 2, 4, 8, 5, 6

3 1. une main, 2. la tête, 3. un poignet, 4. un pied, 5. un bras, 6. le dos, 7. une jambe

4 1. les cheveux, 2. l'œil (les yeux), 3. la bouche, 4. l'oreille, 5. le nez

5 1. f, 2. d, 3. e, 4. a, 5. c, 6. b

6

	Présent de l'indicatif	Impératif	Impératif (forme négative)
bouger	tu bouges nous bougeons vous bougez	Bouge ! Bougeons ! Bougez !	Ne bouge pas ! Ne bougeons pas ! Ne bougez pas !
faire les exercices	tu fais les exercices nous faisons les exercices vous faites les exercices	Fais les exercices ! Faisons les exercices ! Faites les exercices !	Ne fais pas les... ! Ne faisons pas les... ! Ne faites pas les... !
se détendre	tu te détends nous nous détendons vous vous détendez	Détends--toi ! Détendons--nous ! Détendez--vous !	Ne te détends pas ! Ne nous détendons pas ! Ne vous détendez pas !

PISTE 08 CD 1

1 1. automobile, 2. sait gérer une équipe, 3. téléphoner au club Bouge, 4. maîtriser l'anglais, 5. un infirmier ou une infirmière, 6. à temps partiel matin

2 **Offre 1 :** dynamique, organisé, indépendant / **Offre 2 :** ouvert, attentif aux besoins du client, énergique / **Offre 3** : dynamique, patient, communicatif

3 1. âge, 2. date de naissance, 3. état civil, 4. courriel, 5. formation, 6. expérience professionnelle, 7. chez, 8. langues et informatique

4 un emploi, une offre d'emploi, embaucher/employer, secteur, temps partiel, le délai, envoyer, à domicile

5 connaissez ; connais, sais ; savez ; connais ; connaissent

PISTE 09 CD 1

1 1. vrai, 2. Versailles, 3. un parfumeur, 4. vrai, 5. faux, 6. vrai, 7. tous les jours, 8. 2007, 9. écouter la méteo, 10. faux, 11. pour bien organiser sa journée

2 **Christine** : nez, mémoriser des milliers d'odeurs. **Un homme** : chasseur, connaître les animaux et savoir chasser. **David** : guide de la baie, bien connaître la zone

3 1. Je me lève. 2. J'écoute la météo. 3. Je me douche. 4. Je m'habille. 5. Je pars à l'office du tourisme. 6. Je prends un café. 7. Je retrouve mon premier groupe. 8. Je déjeune.

4 une charcutière, un serveur, une coiffeuse, une institutrice, un auteur, une éditrice, un musicien, une technicienne

5 1. informaticienne, 2. traducteur, 3. journaliste, 4. écrivain, 5. infirmière, 6. coiffeur

6 1. c, 2. l, 3. a, 4. h, 5. m, 6. i, 7. g, 8. d, 9. f, 10. b, 11. e, 12. j, 13. k

7 1. a écouté, 2. sont partis, ont pris, 3. est sortie, ont dîné, 4. nous sommes promenés, 5. ont acheté, ont monté, 6. est allé, 7. s'est coiffée, est partie

8 **apprendre** : il a appris, ils / elles ont appris ; **réussir** : elle a réussi, ils / elles ont réussi ; **aller** : elle est allée, ils sont allés, elles sont allées ; **partir** : elle est partie, ils sont partis, elles sont parties ; **arriver** : il est arrivé, elle est arrivée, elles sont arrivées

9 préfère, aime / adore ; aime pas, aimerais / souhaiterais ; ai envie, aimerais / souhaiterais

PISTE 10 CD 1

1 1. v, 2. f, 3. f, 4. v, 5. v

2 joli, jolie, jolis, jolies ; coloré, colorée, colorés, colorées ; rond, ronde, ronds, rondes ; doré, dorée, dorés, dorées ; croustillant, croustillante, croustillants, croustillantes ; bon, bonne, bons, bonnes ; salé, salée, salés, salés ; délicieux, délicieuse, délicieux, délicieuses

3 1. une pomme, 2. un yaourt, 3. des céréales, 4. un kiwi, 5. du pain grillé, 6. un thé, 7. du beurre, 8. un chocolat chaud 9. un œuf, 10.

une orange, 11. du lait, 12. un café, 13. un croissant, 14. de la confiture

4 petit-déjeuner ; voudrions ; voudrais, croissant ; voudrais, tartines, confiture ; voudraient, gâteau, jus

PISTE 11 CD 1

1 1. Jean-Paul Fock, 2. Faux, 3. Lyon, 4. bouchon, 5. des femmes, 6. le 19ᵉ siècle, 7. Faux

2 1, 75, 80, 10, 4

3 5, 3, 1, 6, 4, 2, 8, 9, 7, 11, 10

4 1 c, 2 i, 3 d, 4 f, 5 e, 6 b, 7 g, 8 a, 9 j, 10 h ; 1 j, 2 g, 3 c, 4 a, 5 e, 6 h, 7 b, 8 i, 9 f, 10 d

5 Les fruits : 1, 5, 3, 7, 19, 9, 13, 16, 15, 17
Les légumes : 2, 6, 4, 14, 8, 10, 20, 18, 12, 11

6 **Horizontal** : 1. boucherie, 4. parfumerie, 5. fleuriste, 6. papeterie, 7. librairie, 8. traiteur, 9. épicerie, 10. coiffeuse, 11. vêtements
Vertical : 1. boulangerie, 2. supermarché, 3. vendeur, 4. pâtisserie, 6. pharmacie

7 3, 7, 5, 6, 8, 2, 4, 1

8 **Boissons** : une carafe d'eau, un jus de fruit, un pichet de vin, un apéritif, un digestif. **Entrées** : une soupe de poisson, une salade de crudités. **Plats de résistance** : bœuf bourguignon, un lapin à la moutarde, un poulet à la crème, une omelette. **Desserts** : une crème caramel, une tarte au citron, une glace à la fraise

9 1. nappe, 2. serviettes, 3. assiettes, 4. fourchette, 5. couteau, 6. cuillère, 7. verres, 8. bouteille, 9. carafe, 10. casserole, 11. poêle, 12. tire-bouchon

10 **Du** : dentifrice, papier toilette, shampoing, gel douche, détergent, bœuf, poulet, jambon, pâté, fromage, poisson, pain, vinaigre. **De l'** : eau, huile. **De la** : crème hydratante, lessive, viande, crème fraîche, salade, moutarde. **Des** : pâtes, yaourts, fruits, légumes, surgelés, cornichons, olives, des piles, des fleurs

11 au, à la, a l', aux, chez

12 1. au, 2. chez, 3. chez, 4. à la, à la, 5. à l'

13 1. à la boucherie, 2. à la boulangerie, 3. au supermarché, 4. à la pâtisserie, 5. à la pharmacie

PISTE 12 CD 1

1 1. bande dessinée, 2. Angoulême, 3. Faux, 4. Faux, 5. les garçons, leur corps, 6. Faux, 7. parce que leur nom est devenu un mot d'usage courant en français, 8. Faux, 9. Faux, 10. 1976, 12. à Paris, 13. romancière

2 **Agrippine** : complexée, **Asterix** : rusé ; **Obelix** : généreux ; **Gaston** : paresseux, pessimiste, maladroit ; **Adèle** : élégante,

SOLUTIONS 171

aventurière, charmante, courageuse
3 une jupe, une écharpe, un parapluie, un manteau, un pull, un chapeau
4 1. g, 2. f, 3. a, 4. e, 5. l, 6. h, 7. b, 8. k, 9. c, 10. d, 11. i, 12 j
5 1. chaussettes, 2. tailleur, 3. montre, 4. costume, 5. robe
6 1. 7, 3 ; 2. 1, 2, 5 ; 3. 10, 9 ; 4. 11, 6, 4 ; 5. 8
7 1. tu leur téléphones, 2. vous la regardez, 3. je l'écoute, 4. vous en voulez, 5. elle y va
8 y, en, en, lui, lui, lui, lui, l', m', lui, lui, lui

PISTE 13 CD 1

1 1. Faux, 2. Faux, 3. Faux, 4. Vrai, 5. Vrai
2 Av. du Général Leclerc : 2 ; Rue Daguerre : 3, 5 ; La Fondation Cartier : 4 ; Les catacombes : 1
3 boutiques, pâtisserie, métro, cimetière, restaurant, commerces, cinéma
4 une rue, un arrêt de bus, une banque, une place, un hôpital, une boulangerie
5 dans, en, dans, en face du, à, sur, sur
6 1. près du, à ; 2. sur ; 3. dans ; 4. en face de ; 5. loin de
7 descend, prend, traverse, continue, passe, tourne

PISTE 14 CD 1

1 1. faux, 2. vrai, 3. faux, 4. faux, 5. vrai, 6. faux, 7. vrai, 8. vrai, 9. faux
2 1. en avion, 2. en bus, en taxi, 3. en voiture, 4. à pied
3 1, 5, 4, 3, 3, 2, 1, 1
4 1, 3, 4, 6, 5, 8, 7, 2
5 1. plus qu', 2. moins qu', 3. autant que, 4. plus qu', 5. meilleur que, 6. moins qu'

PISTE 15 CD 1

1 1. de Belgique, 2. 3 août 1967, Japon, 3. consul, 4. 17 ans, 5. *Hygiène de l'assassin*, 6. Japon, 1989
2 Chine, Laos, États-Unis, Japon, Bengladesh
3 Data ou início de um período: 1, 6, 7, 8, 9, 11, 13. Período de tempo: 2, 3, 5, 10. Sequência: 4, 12
4 7, 2, 6, 8, 4, 5, 3, 1, 9
5 1. lui, 2. l', la, 3. lui, 4. en, la, lui, 5. l', la, le, lui, 6. en
6 1. à Amélie, 2. Amélie (x2), 3. Amélie, 4. des journalistes, Amélie, à Amélie 5. Amélie (x2), ça, à Amélie 6. de ce livre
7 avoir : elle a passé (x2), elle a toujours conservé, elle a habité, elle n'a découvert, elle a déjà publié, elle a écrit, ceux qu'elle a publiés, qui lui a ouvert, elle a écrit / être : (v. simple) elle est née ; (v. pron.) elle s'est installée

8 1. où, qui, 2. que, 3. que, 4. qui, qui

PISTE 16 CD 1

1 1. faux, 2. vrai, 3. faux, 4. vrai, 5. vrai, 6. vrai
2 1. un parfum, parfumer, 2. un gel douche, se laver, 3. un rasoir électrique, se raser, 4. une brosse à dents, se brosser les dents, 5. un peigne, se peigner, 6. du maquillage, se maquiller, 7. un shampoing, faire un shampoing, 8. un savon, se laver les mains
3 1. dents, 2. envie, 3. sommeil, 4. jambes, 5. faim, 6. médecin, 7. main, 8. forme, 9. reposer, 10. pieds
4 plaît, rend, énerve, agace, dérange

PISTE 17 CD 1

1 1. f, 2. v, 3. f, 4. f, 5. f, 6. v, 7. v, 8. f, 9. f, 10. f, 11. v, 12. v, 13. f, 14. v, 15. f, 16. f, 17. f
2 Français familier : 0, 2, 3, 11, 12, 6, 1, 8, 4, 9, 5, 7, 10. Français courant : un ami, beaucoup de, la compétition, l'appartement, il y avait, des choses
3 1. est rentré, était ; 2. s'est mis, allais ; 3. était, a oublié ; 4. s'est réveillé, est allé

PISTE 18 CD 1

1 1. v, 2. f, 3. f, 4. v, 5. f, 6. f, 7. f, 8. v, 9. v, 10. f, 11. f, 12. v, 13. f, 14. v
2 1. 12, 2. 2, 3. 8, 4. 9, 5. 7, 6. 14, 7. 11, 8. 3, 9. 4, 10. 13, 11. 6, 12. 10, 13. 1, 14. 5
3 1. en, 2. pendant, 3. Ça fait qu', 4. depuis, 5. il y a, 6. depuis, 7. pendant, 8. il y a, 9. dans, 10. depuis

PISTE 01 CD 2

1 1. f, 2. f, 3. f, 4. f, 5. f, 6. f, 7. v, 8. v
2 1. entrée, 2. chambre, 3. couloir, 4. salle de bain, 5. cuisine, 6. salon-salle à manger
3 1. 1, 2. 3, 3. 4, 4. 2, 5. 5, 6. 6, 7. 7, 8. 9, 9. 8
4 1. pourrai, essaierai, 2. irai, aurai, 3. recevra, 4. préviendra, saura, 5. se reverra, 6. rappellerai

PISTE 02 CD 2

1 1. v, 2. f, 3. f, 4. f, 5. f, 6. v, 7. f, 8. f, 9. v, 10. v
2 1. que l'/qu', qui sert à, brosse à dents 2. qui, qu', utilise, grille-pain, 3. qui, rasoir, 4. qui permet, qu', trombone, 5. qui, qu', utilise, couteau
3 1. sincèrement/franchement, 2. lentement, 3. fièrement, 4. activement, 5. traditionnellement, 6. couramment, 7. patiemment, 8. sincèrement/franchement

1ª edição fevereiro de 2011 | **1ª reimpressão** maio de 2015
Diagramação Patrícia De Michelis
Fonte Zine Slab e Zine Sans | **Papel** Offset 75g/m²
Impressão e acabamento Yangraf